M.A.R.S.

Salomé BILHERAN

M.A.R.S.

ISBN : 979-10-326-3485-1
Dépôt légal : Avril 2020

À Jean-Louis

« Nous pensons trop et ressentons peu... Plus que la machinerie nous avons besoin de l'Humanité. (...) Vous n'êtes pas une machine, vous n'êtes pas du bétail. Vous êtes un Homme ! »

Charles Spencer Chaplin - *Le Dictateur* - 1940

Prologue

Le sang me colle aux doigts. Un liquide chaud et poisseux qui emplit la pièce d'une forte odeur métallique. Les larmes ruissellent maintenant sur mon visage. *Son* sang ! Comment en est-on arrivés là ? Tout se brouille maintenant devant mes yeux. Soudain, un éclair de lucidité me traverse l'esprit et les faits me reviennent en mémoire...

Chapitre premier

Je m'appelle Aries Zomanof. J'ai dix-sept ans. Je suis étudiante en sciences astronomiques, et je vis sur Mars depuis mon enfance.

Mars ! La planète rouge ! Source de fantasme, cette planète occupe la quatrième place derrière le Soleil dans notre système solaire. Mars, tout comme la Lune, Jupiter puis Saturne, a été colonisée et aménagée par les Hommes il y a des siècles, vers l'an 2045, afin de répondre à cette fameuse question : la vie a-t-elle pu exister ailleurs ? Des stations spatiales ont été construites pour accueillir les premiers astronautes de ces projets, mais rapidement celles-ci ont été suffisamment autonomes pour accueillir des scientifiques : des ingénieurs et des architectes venant de la Terre. Aujourd'hui, notre station, « M-One », accueille plus d'un million d'habitants et reste autonome à quatre-vingts pour cent, étant construite au-dessus d'un gigantesque lac d'eau liquide. Cela a engendré une évolution rapide et une faible dépendance de Mars par rapport à la Terre, évolution qui n'est pas encore acquise par les autres planètes. Par la suite, et au vu de leurs excellents résultats, les stations ont accueilli davantage de scientifiques, mais également leurs familles. Et c'est ainsi que des écoles, des cinémas, des terrains de sport, des laboratoires, des appartements - mais également des vies - ont vu le jour sur d'autres planètes.

Mais ces avancées n'auraient pas été possibles sans « l'Antimatière ». L'Antimatière est, par définition, le contrepoids de la matière, c'est-à-dire un opposé identique à la matière elle-même, mais avec des charges de particules inversées. Les scientifiques ont découvert après des d'années d'échec et de travail acharné, comment stocker et utiliser l'Antimatière. Comme celle-ci est extrêmement instable, et réagit avec la moindre particule de matière en provoquant de désastreuses conséquences, ils ont réussi à l'isoler complètement grâce à des « pièges » composés d'ondes électromagnétiques. Une fois emprisonnée et exploitée, l'Antimatière est devenue la source d'énergie de l'avenir : ses capacités sont mille fois plus puissantes que les énergies nucléaire et fossile, et elle ne produit aucun déchet, aucune radiation, donc aucune pollution. Une manière hautement efficace pour libérer la planète de l'effet de serre. L'Antimatière est qualifiée d'« énergie pure », énergie qui reste toutefois très dangereuse à cause de son instabilité. Pour l'instant, cette ressource a toujours garanti le progrès scientifique, mais un risque subsiste : l'utilisation de cette énergie dans un but militaire.

En 2020, une guerre sans précédent a éclaté. Un nouveau genre de conflit est né ; un affrontement sans pitié, impliquant les civils tout autant que les militaires : une guerre nucléaire. Des tensions étaient nées entre deux nations dirigées par des hommes aveuglés par leur ego et leur puissance. Aujourd'hui, plus personne ne sait comment les prémices du conflit sont arrivées, mais la guerre a bel et bien éclaté. Un kamikaze envoyé par la Corée du Nord assassina le Président des États-Unis et empala sa tête devant la Maison Blanche. Les forces armées américaines répliquèrent par des tirs ciblés sur la résidence du dirigeant coréen. Les armes nucléaires furent de la partie, et des milliards de personnes innocentes en ont pâti.

Pendant cette période apocalyptique, les dirigeants d'autres pays, opposés à cette guerre qui impliquait toute la planète, décidèrent de créer « l'État Mondial ». S'inspirant des principes fondateurs de l'ONU, l'État Mondial est dirigé par une seule personne, élue par le « Haut Conseil » pour cinq ans. Ce « Haut Conseil » est lui-même élu pour dix ans par le peuple, le but étant de ne plus jamais connaître de différends pouvant conduire à une guerre ouverte. C'est dans ce contexte que l'Antimatière, au lieu d'être un instrument mortel, a été utilisée pour améliorer la vie des êtres humains tout en ouvrant des opportunités spatiales.

L'État Mondial s'est avéré être le meilleur système politique en place depuis les premières civilisations. Grâce à la fin des conflits d'intérêts, les progrès médicaux, technologiques ou encore sociaux se sont nettement améliorés. Les anciennes institutions, dépassées par les nouveaux enjeux environnementaux et énergétiques, furent dissoutes au profit d'une seule et même organisation internationale, dont les bureaux sont répartis partout sur le globe terrestre : l'OSM. De nombreuses entreprises corrompues ont également été désintégrées au profit de filières en étroite collaboration avec le Gouvernement. La famine, l'un des défis les plus importants du XXIème siècle, a été éradiquée lorsque nos ancêtres ont adopté un mode d'alimentation respectant les ressources naturelles. De même, les manipulations génétiques, très utilisées à la fin du XXIème siècle, ont été interdites après la découverte de nombreuses interventions abusives et démesurées.

La qualité de vie s'est considérablement améliorée partout dans le monde. Nous ne raisonnons plus comme des États indépendants, mais comme un tout hermétique et indissociable, préservant la paix à n'importe quel prix. Nous sommes tous reliés les uns aux autres, à l'image d'une communauté internationale. Nous parlons tous la même langue, nous sommes tous connectés à Canopy, le descendant d'Internet, et nous sommes équipés d'implants neuronaux. Ces nanotechnologies, implantées dès notre naissance, sont le signe de notre appartenance à l'État Mondial et recueillent nos signes vitaux en temps réel. Les données sont transmises vers un Centre de traitement qui les analyse pour détecter une quelconque anomalie médicale avant qu'elle ne se produise. Des milliers de vies ont ainsi été sauvées depuis les premières implantations de ces puces, au XXIIème siècle. Aujourd'hui, une seule menace survit encore : les opposants de l'État Mondial, qui usent d'espionnage et d'attentats pour s'emparer du pouvoir. Ce sont des anarchistes qui souhaitent recourir à un mode de gouvernement moins rigoureux, sans comprendre que la paix dépend justement de cette autorité ! Sur Terre, l'État Mondial se livre chaque jour à une véritable chasse à l'homme pour lutter contre la Résistance, ce fléau qui sévit dans nos rangs. Cette véritable racine pourrie empoisonne notre plante depuis sa création, durement acquise à la sueur de milliers de fronts.

Mais nous, sur nos planètes, nous vivons dans une bulle loin de tout ce chaos !

Bienvenue en 2240 !

Chapitre 2

Je cours aussi vite que mes jambes le peuvent.

1 : 00

0 : 59

0 : 58

Le décompte n'en finit pas. Plus que cent mètres à parcourir. Je tente d'accélérer, mais mes jambes sont trop lourdes pour exécuter mes ordres. Je regarde le compte à rebours encore une fois.

0 : 45

Il ne me reste plus que quelques mètres. Je tente à nouveau d'accélérer, mais aucun de mes muscles ne m'obéit.

0 : 20

Plus que vingt secondes ! Je hurle de désespoir tout en continuant à courir vers la porte, mais celle-ci semble s'éloigner au fur et à mesure que je m'en rapproche.

0 : 03

Survivre, je n'ai plus que ce but.

0 : 02

Plus vite, Aries.

0 : 01

Je m'apprête à percevoir le souffle de l'explosion sur mon visage, à sentir ma chair se calciner, à voir mon corps propulsé dans les airs...

... et je me réveille en sursaut dans mon lit…

D'une commande vocale, j'allume les lampes LED au plafond. Mon réveil affiche 2h00. Je me recouche lourdement, tout en essuyant la sueur qui coule sur mon visage et en essayant de calmer mon cœur qui bat la chamade. Encore un cauchemar ! C'est le septième en sept nuits. Depuis que ma mère est partie en voyage d'affaires sur Terre, de mauvais rêves me hantent. Je me vois à travers elle, affrontant les ténèbres de l'enfer ou les profondeurs de quelque abîme inconnu. Ma mère s'appelle Jessee Fox, et travaille comme astronome dans la station martienne. Sa passion pour les étoiles, son obsession pour les comètes et son amour pour les mystères de l'Univers m'ont toujours incitée à devenir moi-même astronome. Mon père, Ivan Zomanof, est le Gouverneur-adjoint de M-One. Mes parents sont terrestres. Mon père est né dans ce que l'on appelle « l'Ancienne Russie », tandis que ma mère vient de « l'Ancienne Amérique ». Ils se sont rencontrés dans un congrès, organisé par l'État Mondial en 2220. Ils ne se sont plus quittés depuis. L'opportunité d'emploi de mon père, promu au rang de Gouverneur-adjoint, les ont fait rejoindre Mars et, deux ans plus tard, je pointais le bout de mon nez. Aujourd'hui, dix-sept ans après, je me retrouve dans mon lit, tremblante de peur car je sais que ma mère se trouve sur une planète de plus en plus hostile.

Je n'ai jamais connu la Terre. Je n'y suis jamais allée, pas même en vacances. Certes, nos professeurs d'école primaire nous parlaient de la Terre, de ses vastes étendues d'eau et de ses collines verdoyantes, mais au collège, nous avons aussi pris connaissance des guerres, des villes-poubelles, de la pollution... et depuis, je n'ai jamais plus fantasmé à propos de la planète bleue. Je me redresse dans mon lit, en alerte, croyant avoir entendu un bruit. Un clic sec retentit, suivi d'un petit grincement que je connais depuis toujours : la porte d'entrée. D'un bond je me lève et m'empare de ma lampe de chevet. Je tourne délicatement la poignée de ma porte et m'avance à pas de velours dans le couloir. À quelques mètres du salon, je m'immobilise. Rassemblant mon courage et ma concentration, je fais irruption dans la pièce en brandissant ma lampe et en hurlant :

- Montrez-vous !

L'obscurité m'empêche de voir, mais j'entends des pas précipités vers la porte d'entrée, et un objet lourd qui tombe au sol. Je cherche à tâtons la lumière, mais mes doigts se referment uniquement sur du vide. Soudain, un éclair blanchâtre jaillit des lampes LED suspendues au plafond, et je me retourne, brandissant toujours ma lampe dans un instinct de survie.

Le spectacle que je vois me coupe le souffle ! Mon père se tient près de la porte d'entrée, la main sur l'interrupteur. Sa mallette de travail est tombée par terre et des feuilles en pagaille sont dispersées dans la pièce. Alors que mon visage se peint de surprise et de confusion, il éclate de rire en se tenant les côtes.

- Ne me faites pas de mal, articule-t-il en se tordant de rire, je ne suis qu'un simple résident !

Je me mets à rire à mon tour et, confuse, je baisse ma lampe.

L'instant d'après nous nous serrons mutuellement dans nos bras en riant toujours. Mon père rentre de plus en plus tard ces derniers temps. Il ne veut rien me dire pour ne pas m'inquiéter, mais je vois bien qu'il est tendu. Ma mère n'aurait jamais toléré ça. Mais, comme on dit : quand le chat n'est pas là…

- Aries ! me sermonne mon père. Qu'est-ce que tu fais encore debout à une heure pareille ?

- Et toi ? répliqué-je sans réfléchir.

Pendant une seconde, je crains de le mettre en colère, mais il se contente de soupirer en haussant les épaules :

- Tu sais bien que je travaille.

Je l'aide à ramasser ses papiers en silence, honteuse de ma remarque. Je sais pourtant bien que mon père se donne beaucoup de mal pour le bien de la station et de la Nation. Alors que je rassemble le tas de feuilles, mes yeux se fixent sur un graphique on ne peut plus banal. Cependant, la description m'interpelle : il s'agit d'un comparatif des naissances et des décès de M-One sur les cinq dernières années. Mon père m'en débarrasse rapidement et enfouit ses documents dans sa besace. Je regarde ses traits tirés, ses yeux cernés et ses cheveux qui commencent à blanchir. Pour rien au monde je ne voudrais le changer, pourtant j'aimerais qu'il soit plus présent à la maison. Mon amie Fridha, la fille du gouverneur, est hélas dans la même situation. J'ai toujours pensé que c'était la raison pour laquelle nous nous sommes si bien entendues dès le départ : une souffrance commune. Quand je l'ai connue, j'avais quatre ans. Mon père travaillait depuis deux ans déjà pour l'ancien gouverneur, lorsque Carlo Zendya arriva. Promu au poste de Gouverneur, il emmena sa femme, sa fille Fridha et son fils Tyron avec lui.

Si nous nous sommes toujours entendues, un sujet reste cependant tabou entre nous : la Terre.

Fridha n'a que très peu de souvenirs, mais le peu dont elle se souvient la laisse avec des étoiles dans les yeux. Moi, la Terre ne m'inspire rien de plus que la noirceur des villes, piégées sous un nuage de pollution. Ainsi, nous n'en parlons plus, d'un accord mutuel. Après une dernière étreinte, mon père m'embrasse doucement sur le front et me ramène dans ma chambre. Rassurée par les ronflements qui commencent à me parvenir de la pièce voisine, je m'endors d'un profond et paisible sommeil, à soixante-seize millions de kilomètres de la Terre.

Chapitre 3

Ce matin-là, en me levant, j'aurais aimé manger comme sur Terre : deux beaux œufs au plat avec du pain frais et du beurre. Mais au lieu de ce petit déjeuner copieux, j'avale rapidement une ration protéinée, sous forme de pâte de céréales peu ragoûtante, mais aux qualités nutritives inégalables. Les progrès médicaux ont été fulgurants au cours des dernières années, si bien que guérir un cancer est aujourd'hui aussi banal qu'un rhume. L'une des joies de vivre au XXIIIème siècle.

7h30

Je m'essuie les lèvres et jette la boîte vide à toute vitesse dans la bouche aspirante qui collecte les ordures des résidents pour les acheminer vers la zone de tri. J'attrape mon sac de cours qui traîne dans l'entrée et quitte l'appartement.

Je traverse le quartier présidentiel, toujours plongé dans un silence funèbre, pour me rendre dans l'allée principale, celle que l'on compare si souvent à la Cinquième Avenue de la vieille ville de New-York. Même si je n'ai jamais visité New-York, il n'est pas difficile de saisir la comparaison avec cette allée mythique, bruyante et immense. Dès que les portes sécurisées s'ouvrent et que je foule le sol de l'impressionnant corridor, je suis assaillie par le brouhaha, comme tous les matins. Avec ma grimace des mauvais jours, je me dirige vers l'aile étudiante. Après une série de couloirs, chacun portant une inscription comme : « Ecole Maternelle », « Ecole Elémentaire », « Collège », « Lycée », - et j'en passe -, j'arrive enfin à l'aile consacrée aux études supérieures. Là aussi, des plaques illuminées de panneaux LED annoncent : « Biologie », « Mécanique », « Ingénierie » et même « Arts et Littérature », cette vieille salle moisie, fréquentée par seulement 1% des étudiants de la station, et qui rassemble toutes les activités artistiques imaginables. Mais la porte qui m'intéresse, moi, c'est la numéro huit : « Astronomie appliquée ».

7h45

Je ne vois pas Fridha. Cela fait pourtant des années que nous nous donnons rendez-vous quinze minutes avant le début des cours pour bavarder. Elle prend des cours de Biologie pour devenir médecin sur la station. Moi, j'ai peur du sang et je lui laisse volontiers le soin de farfouiller dans les tripes et de recoudre des plaies toute sa vie. Peut-être est-elle malade ? Impossible ! Je veux dire : impossible au sens propre : l'atmosphère de la station est conditionnée avec de l'air pressurisé afin qu'aucun virus ou autre pathologie ne nous affecte. Depuis que je vis ici, un seul cas de maladie a été enregistré : un vieil homme qui travaillait pour la production alimentaire a contracté une pneumonie. Une zone de quarantaine avait été mise en place, et toute la station avait été en ébullition pendant l'épidémie. Par chance, le vieil homme avait grandi sur Terre et son système immunitaire avait résisté le temps que les antibiotiques prennent le relais. Mais aujourd'hui encore, personne ne sait comment il a pu contracter une telle maladie ! Une main se pose sur mon épaule, plus forte que les petites mains de Fridha. Beaucoup plus forte. Lentement, je me retourne, me préparant à faire face à mon assaillant. C'est alors que je vois Clark Parrisson, le fils d'Andrea Parrisson, Ministre de la Santé sur la station. Mon ami. J'expire l'air de mes poumons bruyamment.

- Ah ! T'en fais une de ces têtes ! me dit-il avec un sourire malicieux.

- Petit con ! rétorqué-je aussitôt avec une tape sur l'épaule.

J'aime Clark, même s'il m'exaspère ! Quand sa mère a été mutée dans la station, Fridha et moi, qui formions déjà un duo inséparable depuis deux ans, avons accueilli Clark dans notre bande. Et même si nous sommes devenus un charmant trio, Clark ne s'est jamais complètement intégré avec nous.

Lui, suit des cours de cinéma dans la vieille classe moisie au fond du couloir dont je vous parlais. Il nous a confié qu'il aimerait travailler sur Terre, parcourir le monde avec sa caméra pour raconter de fascinantes histoires. Et quand on lui demande pourquoi il veut filmer des documentaires, il répond : « Pour montrer toute la merde du monde ! ». Mais, si nous aimons Clark en tant qu'ami, beaucoup le connaissent comme « Le Fournisseur », une activité illicite que n'approuverait certainement pas sa mère, et qui lui vaudrait un séjour derrière les barreaux. Et pour cause : Clark vous procure tout ce dont vous avez besoin : drogue, alcool, cigarettes, sujets d'examens… c'est un vrai couteau suisse ! Pour ce faire, il vole dans les stocks de la station à l'aide d'une copie pirate du badge de sa mère, pour revendre ensuite à un prix défiant toute concurrence. Etant le fils d'un membre du Haut Conseil, sa motivation n'est pas l'argent, mais plutôt le goût du risque et de l'interdit, à mon avis. « Le Fournisseur » est connu de toute la station, mais la garde, les conseillers, les ministres, le gouverneur - et même sa mère - n'ont pas l'air avertis de son existence. Fermeraient-ils les yeux ? Personne ne le sait !

- Tu veux de la poésie ? me demande-t-il.

Je le regarde attentivement sans comprendre. Avoir un ami littéraire s'avère parfois très complexe.

- La poésie, ça fait sourire ! s'exclame-t-il alors.

J'essaie de ne pas laisser transparaître mon scepticisme, et d'une manière aussi naturelle que possible, je réponds :

- Vas-y !

- Tu n'as pas l'air convaincue, rétorque-t-il.

- La poésie, ça sert juste à mettre des mots sur des futilités, mais vas-y, je t'écoute !

- Bon... toujours aussi cinglante. (Clark se racle la gorge) Ô toi, belle Aries, Ô puissante Bélière, que mes jours à tes côtés soient bénis, Que tes longs cheveux noirs...

- Je n'ai pas les cheveux noirs ! le coupé-je en regardant une de mes mèches châtains

- Chut... C'est pour la rime ! Je disais donc : Que tes longs cheveux noirs, que tu contemples dans le miroir, me donnent envie de te faire voir.

(J'ai tellement envie de rire que tous mes efforts sont focalisés en un point : ne pas sourire.)

- Et tes yeux verts sont semblables aux collines sur la Terre de mes semblables, et ton cœur, Ô seigneur...

(Clark crie si fort que tous les étudiants présents dans le couloir se retournent et nous dévisagent.)

- À fait disparaître mes peurs !

Cette fois-ci, je souris, alors qu'un long rire s'échappe de mes lèvres et résonne au milieu de la foule qui reprend peu à peu son activité. Ma crise d'euphorie passée, Clark déclare :

- Je te l'avais dit : la poésie ça redonne le sourire !

Clark arbore de nouveau son petit sourire malicieux. Par réflexe, je me retourne pour regarder Fridha, avant de m'apercevoir que seul un vide se creuse autour de moi. J'explique alors la situation au poète.

- Tu ne l'aurais pas vue, toi, par hasard ? lui demandé-je.

- Non. Je ne suis pas encore au courant de tout dans cette station... mais j'y travaille !

Je ne peux m'empêcher de regarder autour de nous, dans l'espoir de voir sa petite tête brune essayer de se frayer un chemin parmi la foule.

- T'inquiète ! Je suis sûr qu'elle va bien ! déclare le jeune homme.

- Alors où peut-elle bien être ? Elle n'a jamais manqué un seul cours.

Clark ne répond pas. À vrai dire, je vois bien que c'est la première fois qu'il ne sait pas quoi dire.

- Elle est peut-être pas dans son assiette ! me dit-il finalement.

Je plonge mon regard dans le sien : Clark a l'air sincère. Je compte lui demander davantage d'explications, mais la sonnerie retentit.

- Faut que je file, à plus ! déclare-t-il en tournant les talons.

- Dis donc, t'as l'air bien pressé d'aller en cours pour une fois.

M'ayant entendue ou pas, Clark se précipite dans le couloir et disparaît dans sa salle. Lorsque je m'assieds à mon bureau, j'envoie discrètement un message à Fridha sur son transmetteur. Je passerai la voir ce soir. En attendant, j'ai un cours de physique à suivre.

Encore une nouvelle journée sur Mars.

Chapitre 4

12h30

Ce fut une matinée de cours comme les autres : calculs de trajectoires, position des astres, longitude, latitude, et le tout couronné d'un soupçon de physique quantique : tout ce que Clark qualifierait d'œuvres sataniques. Mais pas pour moi, car nous sommes allés à l'observatoire. L'énorme salle située dans l'aile Ouest de M-One, juste à côté des quartiers présidentiels, est équipée de télescopes intergalactiques longue-portée qui permettent de voir plus loin que la ceinture de Kuiper, région du système solaire qui s'étend au-delà de l'orbite de Neptune, c'est-à-dire à plus de 8,5 milliards de kilomètres du Soleil ! Celle-ci abrite notamment la planète Pluton, ainsi que d'autres objets transneptuniens, et divers astéroïdes que nous essayons toujours d'identifier. « La vie trouve toujours un moyen », nous disons-nous, « pour repousser les limites de la découverte ! ». Clark m'a dit un jour qu'il s'agissait d'une réplique d'un film culte du XXème

siècle, mais je préfère croire que notre devise est plus noble qu'un vulgaire nanar.

Arrivée dans la grande salle de réfectoire, je regarde autour de moi. En face, un groupe discute vivement en faisant de grands gestes. Le peu de conversation que j'entends me laisse penser qu'ils débattent de l'énergie noire et de son utilisation potentielle. Un débat sans fin auquel je n'ai aucune envie de participer. Un peu plus loin, d'autres personnes sont penchées sur une liste d'équations déduites, il y a des siècles, par notre maître intemporel : Einstein. Enfin, dans un coin, les Artistes, reconnaissables à leurs habits bariolés, rient tellement fort qu'ils couvrent tout le brouhaha de la salle.

Mais aucun signe de Fridha !

Déçue, je m'assieds à une table, avec pour seule compagnie une ration sous vide d'épinards à la crème synthétique (il n'existe plus d'animaux laitiers sur Terre). Mais la faim ne vient pas, et je mange par seul automatisme, isolée du reste des étudiants. Mon cerveau est comparable à une turbine, tournant et retournant les mêmes questions en boucle, méthodiquement. D'abord, Pourquoi Fridha n'est-elle pas là ? Pourquoi ne m'a-t-elle pas prévenue sur mon transmetteur ? Et pourquoi Clark avait-il l'air d'en savoir beaucoup plus qu'il ne le disait ? C'est alors que je l'aperçois à une table voisine, seul ! Étrange ! Clark ne manque jamais une occasion de manger avec ses amis. Trop de questions sans réponses m'assaillent en même temps. Je m'approche donc de Clark, bien décidée à y voir plus clair.

- Salut beauté ! me lance-t-il quand je m'assieds. Tu rejoins finalement le club ?

- Jamais !

Un long silence s'ensuit, où chacun dévisage l'autre. Je connais bien Clark : il jouait déjà à ce petit jeu pour nous déstabiliser quand nous étions enfants. Il nous avait avoué qu'ayant une mère haut placée dans la station, il devait protéger ses pensées en restant maître de la situation. Au début, je pensais qu'il parlait des ennemis extérieurs qui, voulant déstabiliser sa mère, se serviraient de lui comme cheval de Troie, mais avec le temps, j'ai compris qu'il parlait de se protéger d'elle. J'ai toujours perdu à ce duel de regards, mais cette fois, je compte bien l'emporter.

- Tiens, tiens... articule Clark lentement, tu t'es enhardie ?

Une autre de ses techniques : forcer l'adversaire à parler pour le déconcentrer. Tu ne m'auras pas, Clark Parrisson !

- Clark, commencé-je patiemment, je sais que tu sais des choses à pro...

- J'adore jouer au « je sais que tu sais » ! m'interrompt-il.

- Laisse-moi finir !

Malgré ma forte envie de le gifler, je reste calme et ne le quitte pas du regard :

- Tu m'as l'air d'en savoir beaucoup plus…

- Tiens, tu saignes ! me répond-t-il en regardant ma main.

- Quoi ? m'écrié-je en scrutant vivement mes avant-bras.

Mais je ne comprends la ruse que trop tard ! Clark sait que je suis hématophobe, et je me suis laissé prendre comme une bleue ! Je relève la tête, vexée, pour découvrir le petit sourire narquois de Clark qui semble me dire « Je ne perds jamais, ma belle ! ».

- Espèce de...

- Chuuut, m'interrompt-il en chuchotant, une jolie fille ne doit pas être si grossière.

Clark se lève, et je vois dans sa démarche que cette histoire l'amuse. Mais je n'ai pas envie d'en rester là. D'un bond je suis sur mes jambes, et je le rattrape en un rien de temps. Sans lui laisser le temps de réagir, je le retiens par le poignet. Son plateau en fer vient percuter le sol de la station dans un crissement strident. Quelques étudiants se retournent avec surprise, mais, là encore, Clark ne se laisse pas intimider ; au contraire, il ne se défait pas de son sourire moqueur.

- Dis-moi tout, lui soufflé-je au visage.

- Tout ? C'est à dire toute l'histoire de l'Univers, ou seulement l'histoire de ma vie ?

J'ai compris ! Clark ne parlera pas si facilement. Je décide de retourner sa combine contre lui.

- Tu sais Clark, tu es mon ami. Mais Fridha aussi. Et tu m'as l'air au courant de beaucoup plus de choses que tu ne veux l'admettre.

Je laisse le temps à mes paroles de faire leur effet avant de continuer :

- Tu crois que ta mère sait, pour tes activités « extrascolaires » ? Je pourrais lui en toucher deux mots.

L'espace d'une seconde, le visage de Clark devient plus pâle. Mais il se reprend vite.

- Tu me menaces maintenant, mon chou ? rétorque-t-il dans un souffle.

- Non. C'est plutôt un conseil d'amie, mon chou ! dis-je d'un ton narquois.

De nouveau, le silence s'installe entre nous. Alors que je pense que Clark étudie ma proposition, il m'attrape vivement les poignets, et d'un geste souple me plaque contre le mur du réfectoire. J'essaie de me dégager, mais ma raison prend rapidement le dessus : Clark est trop fort.

- Écoute-moi bien, Aries.

Sa voix est froide, lointaine. Je ne le reconnais plus, et pour la première fois de ma vie, il m'impressionne.

- Fridha va bien ! Elle est juste un peu démoralisée.

J'ai du mal à croire que, du jour au lendemain, sans éléments annonciateurs, Fridha déprime. Clark m'embobine et je compte bien le lui prouver.

- C'est ridicule ! Comment peux-tu être au cou...

- Je le sais parce que c'est moi qui l'ai blessée, m'interrompt-il.

L'absurdité de cette révélation me prend au dépourvu. Si le tour de Clark était une ruse, celle-ci a bien fonctionné. Mais alors que je fixe ses yeux bleus, m'attendant à y déceler la familière étincelle narquoise, je n'aperçois qu'une profonde tristesse.

- Quoi ?

- Elle t'en dira plus.

Clark me lâche brusquement et disparaît dans le couloir,

alors que je respire à nouveau. Tandis que je remets mes idées en ordre, je m'aperçois qu'une vingtaine de paires d'yeux me dévisagent. Honteuse de la façon dont j'ai traité Clark, je m'élance à sa poursuite pour m'excuser, mais, au bout du couloir, celui-ci est déjà entré dans sa salle de classe et je me retrouve seule, une fois de plus.

L'après-midi, le professeur Haz nous explique comment la Lune influence les marrées terrestres grâce à la gravitation des planètes et l'attraction réciproque des corps célestes. Un sujet habituellement passionnant, mais cet après-midi, j'ai davantage ruminé qu'autre chose. Ainsi, quand arrive le cours de philosophie, je me sens lasse et regarde distraitement le tableau numérique s'agiter devant mes yeux.

- Le Bien et le Mal, continue Madame Estradon, sont inqualifiables pour certains philosophes. Cependant, d'un point de vue plus pragmatique, nous sommes tous capables de dire si telle action est bonne ou mauvaise !

Alors que je me replonge dans ma rêverie, une main se lève. Sly, au fond de la classe, semble avoir quelque chose à dire. Je redoute instinctivement sa prise de parole qui, la plupart du temps, est suivie d'une exclusion du cours.

- Ce que vous appelez Bien et Mal, dit-elle, n'est en réalité que le produit de la propagande l'État Mondial.

Madame Estradon fronce les sourcils d'un air sévère, tandis

que quelques murmures parcourent la salle de classe.

- Mademoiselle Denver, déclare-t-elle alors, l'État Mondial est sans aucun doute la meilleure forme de Gouvernement qui ait jamais été donnée à l'Humanité et...

- Oui, nous savons ! l'interrompt Sly d'un ton désinvolte. Nous savons que l'État Mondial est le bon Samaritain qui a éradiqué la violence de la civilisation. Mais à quel prix ? Parlez-nous des religions, Madame.

Madame Estradon dévisage Sly d'un air désinvolte :

- Il n'y a rien à dire ! finit-elle par répliquer. Chacun de vous sait que les croyances divisaient la société, et que, pour cette raison, le peuple lui-même a choisi de les retirer de la vie publique. L'État Mondial n'a fait qu'exécuter les ordres de la majorité !

Je pousse un long soupir. Sly est vraiment une emmerdeuse qui ne manque jamais une occasion de critiquer l'État Mondial sans raison valable ! Mais celle-ci ne semble pas en avoir terminé :

- Vous dites que les croyances religieuses ont été retirées de la vie publique, réplique-t-elle, mais elles ont été retirées, tout simplement ! Si les croyances sont si dangereuses que vous le prétendez, pourquoi trouve-t-on des préceptes bouddhistes qui célèbrent la vie et condamnent ceux qui la prennent ?

Je fronce les sourcils, perplexe. Tout le monde sait que les croyances spirituelles ont été déclassées dans le domaine privé, mais que chacun est libre d'y adhérer ou non. De la pure démocratie. Sly, en revanche, semble plus dubitative.

-Vous semblez oublier, déclare alors Madame Estradon, que l'État Mondial a ainsi préservé l'intégrité des Nations tout en favorisant l'interculturalité.

À mon plus grand étonnement, Sly explose d'un long rire sonore, alors que le silence s'empare du reste des étudiants.

-Vous croyez, déclare-t-elle alors, que l'État Mondial a voulu favoriser l'interculturalité en séparant les religions de la vie publique ? En fermant les yeux sur ce qu'ils ne pouvaient pas contrôler ? En prônant un système qui valorise l'indifférence au mépris de l'altérité ?

Madame Estradon est maintenant si rouge de colère que je redoute la suite. Sly, en revanche, ne semble pas impressionnée :

- Les gens se sont repliés sur eux-mêmes sans chercher à savoir comment vit l'Autre, en se persuadant de faire ce qu'il faut, continue-t-elle alors. L'état Mondial n'est pas le seul fautif : nos ancêtres étaient encore plus stupides de croire que ces mesures allaient régler tous leurs problèmes !

Un long silence succède à sa déclaration, entrecoupé par quelques toussotements.

- Dehors ! déclare simplement Madame Estradon. Et estimez-vous heureuse que je ne vous dénonce pas pour trouble à l'ordre public !

Quelques minutes plus tard, Sly sort de la pièce en faisant claquer la porte derrière elle, nous laissant tous perplexes.

- Vous connaissez tous sa fougue, déclare alors Madame Estradon calmement. Cela ne veut pas dire qu'elle ait raison pour autant.

Mais ses tentatives pour nous convaincre sont moindres que le discours enflammé de Sly.

*

La fin de journée approche à grands pas lorsque je reçois un message gouvernemental sur mon transmetteur. Ces alertes sont la plupart du temps de simples sondages en temps réel, ou des rappels de sécurité. Mais, cette fois-ci, à la place du message en caractères rouges habituel, « Restez vigilants : connectez-vous à Canopy », il s'agit d'une convocation médicale. Intriguée, je me rends à l'hôpital de la station où d'autres jeunes attendent comme moi dans une salle stérile. Je joue nerveusement avec l'une des mèches tombées de mon chignon en attendant mon tour, redoutant une quelconque piqûre. Clark est là, lui aussi, assis loin de moi, le visage fermé. Je connais cet air : il m'en veut et considère sûrement mon acte comme une sorte de trahison.

Finalement, après plus de vingt minutes d'attente, le vieux docteur Erikson me fait entrer dans la salle d'examen. Après avoir subi une batterie de tests sanguins, urinaires, dentaires, ophtalmologiques, cardiaques, pulmonaires - et j'en passe -, on me libère enfin en cochant une simple case numérique sur une tablette de soins. Alors que le vieux médecin a le dos tourné, je jette un œil à l'écran où une série de résultats médicaux sont affichés. Tout en bas du document, à côté de mon nom et de ma date de naissance, figure en lettres majuscules la mention « APTE ». Intriguée, je détourne la tête alors que le Docteur Erikson revient vers moi, et lui demande :

- Pourquoi nous faites-vous subir tous ces examens, Doc ?

Celui me sourit simplement et me désigne la sortie du doigt :

- Simple routine.

Je souris poliment et quitte la salle d'examen alors qu'un homme d'une trentaine d'années est appelé à son tour. Cette convocation me paraît tout à fait incongrue, et le Docteur Erikson beaucoup trop nerveux. Je regagne donc le quartier présidentiel, pas convaincue du tout.

*

- Fridha ! crié-je en tambourinant sur la porte menant à son appartement. Fridha, allez, ouvre !

Mais, comme pendant les cinq dernières minutes, aucune réponse ne me parvient. Je commence à tourner les talons quand la porte s'ouvre timidement. Quelle déception je ressens alors, quand j'aperçois la frimousse de Lalie, l'auxiliaire d'entretien, qui se tient devant moi.

- Mademoiselle Zomanof ? Est-ce vous, enfin, qui faites tout ce vacarme ? me demande-t-elle.

- Oui... euh ... pardonnez-moi Lalie, je ne voulais pas vous effrayer, mais je cherche Fridha. Est-elle ici ?

Le visage de Lalie se met alors à pâlir, et elle me répond à voix basse en courbant la tête :

- Ah... Mademoiselle Fridha c'est que je ne l'ai pas vue... ça non... je ne l'ai pas vue de la journée. Eh bien, au revoir ! J'ai des choses à faire.

Je reste abasourdie ! Lalie ment aussi mal qu'il est possible de le faire. Mais pourquoi ? Pourquoi ne me dit-elle pas simplement ce qui se passe ? Alors que la porte se referme, je glisse mon pied entre la paroi et le mur. Comme je l'avais anticipé, le mécanisme détecte un objet et s'ouvre à nouveau. Je plante mon regard dans les yeux de Lalie.

- Dites-moi ce qui se passe, Lalie !
- Oh non... je ne peux...
- Où est Fridha ? crié-je soudain.
- Mademoiselle, calmez...
- Où est-elle ?
- Ils ont dit qu'elle était sur Terre...
- Qui ça « Ils » ?
- Oh… je ne sais pas.
- Pourquoi est-elle sur Terre ?
- Je ne peux rien pour vous, Mademoiselle !
- Lalie !
- Je ne peux pas... désolée, ils ne veulent pas !

Lalie actionne à nouveau la fermeture en poussant mon pied, et la porte me claque au nez, me laissant dans la confusion la plus extrême. Tel un automate, je regagne mon appartement. Après une longue douche brûlante, je décide de prendre un « express », n'ayant aucunement envie d'avaler encore une ration peu ragoûtante. Ces petites merveilles ont été inventées il y a quelques années pour les astronautes : de petites gélules qui contiennent tous les apports énergétiques nécessaires à l'organisme, ce qui évite les rations, les récipients d'eau... tout est contenu dans cette petite pilule ! J'attrape ensuite mes cahiers et commence à réviser. Mais la seule chose à laquelle je pense est Fridha. Pourquoi est-elle sur Terre ? Pourquoi ne m'a-t-elle pas prévenue ? Qui sont ces personnes qui veulent faire taire Lalie ? Fatiguée, je décide d'aller me coucher, en espérant dormir.

Vous trouvez peut-être que j'en fais toute une histoire, mais on ne disparaît pas de Mars aussi facilement ! Pas au XXIIIème siècle ! Aussi, lorsque la porte d'entrée s'ouvre et que mon père rentre, je n'ai toujours pas fermé les yeux. Je l'aperçois qui marche sur la pointe des pieds dans l'espace étroit situé entre la paroi coulissante et le sol, jusqu'à ce qu'il s'immobilise. Doucement, il tapote sur le verre, et actionne le mécanisme d'ouverture. Il a dû apercevoir la lumière filtrant sous ma porte. Dans un bruissement d'air, mon père apparaît dans le cadre de la porte, imposant, les traits encore plus tirés qu'à l'ordinaire.

- Quelle est ton excuse cette fois ? me demande-t-il en s'asseyant sur le rebord de mon lit. Je vais finir par te coudre les paupières.

Je souris faiblement, pour qu'il ne décèle pas mon anxiété. Mais mon père voit tout.

- Qu'est-ce qui se passe ? Si c'est un garçon il va avoir de sérieux problèmes avec ta mère, tu sais !

Je souris discrètement, ne comprenant pas pourquoi les parents ramènent toujours tout à l'amour juvénile.

- Aries, me dit-il plus sérieusement, tu peux tout me dire !

Vraiment ? Puis-je vraiment tout dire à mes parents ? N'y a-t-il pas une limite, une barrière à ne pas franchir ? Une frontière de l'autre côté de laquelle on cesserait de vous aimer ? Je suis persuadée que l'amour a des limites, mais je n'ai jamais réussi à le prouver.

- C'est Fridha, papa, dis-je enfin.

Alors je lui raconte tout. De mon altercation avec Clark jusqu'à la rencontre avec Lalie. Mon père reste silencieux un long moment. Ivan Zomanof doit être en train de chercher comment rassurer sa fille avec des mots d'amour... Mais à ma grande surprise, il déclare :

- Oublie Fridha, Aries.

Je me redresse en un dixième de seconde dans mon lit.

- Quoi ?
- Je t'ai demandé de l'oublier !

- Mais pourquoi ?
- Il le faut. Elle est sur Terre maintenant.

Je ressens comme un léger étourdissement à ces mots. Mon père sait pourtant que nous sommes inséparables ! Pourquoi ne me le dit-il que maintenant ? Au lieu d'avoir obtenu des réponses, j'ai maintenant encore plus de questions.

- Pourquoi tout le monde me cache quelque chose aujourd'hui ? m'écrié-je alors dans un accès de rage.

Mon père me dévisage en silence. J'imagine le débat intérieur qui se tient en ce moment même dans sa tête. Puis finalement, sa raison l'emporte et il passe à table :

- Le gouverneur Zendya a démissionné hier soir et nous l'avons appris ce matin.

Mon père laisse ses paroles flotter un moment avant de continuer.

- Il nous a tous pris au dépourvu. Nous avons reçu un message officiel sur nos transmetteurs, joint à son courrier de démission, nous annonçant que le nouveau gouverneur arriverait demain, samedi.

Ses paroles font lentement écho dans ma tête, alors que j'essaie de me convaincre que tout ceci n'est pas réel.

- La famille Zendya est désormais sur Terre, ma chérie, déclare-t-il alors d'un ton fataliste.

Je n'arrive tout simplement pas à y croire.

- Pourquoi Fridha ne m'a-t-elle pas prévenue ?

Mon père hausse les épaules.

-La décision s'est faite rapidement, elle n'a peut-être pas eu le temps de t'avertir.

Il m'attire doucement dans ses bras et commence à fredonner un air des « Blues Brothers ». Celui-ci date du XXème siècle, et est démodé depuis un moment, mais nous l'aimons car c'est notre chanson.

- Je suis sûr que Fridha va bien, chérie, ne t'en fais pas pour elle.

Je hoche automatiquement la tête. Pourtant, au fond de moi, je ne suis pas convaincue. Pas du tout.

Chapitre 5

« Le monstre est proche. Son halètement est à peine perceptible ; pourtant, deux grands yeux jaunes brillent dans la nuit. Il courbe l'échine, se prépare à bondir et avec un hurlement déchirant, il s'élance ... »

- Ça existe vraiment les monstres ? demande un petit garçon au dernier rang.

Je pousse un soupir exaspéré. Chaque samedi matin c'est la même chose : les petits n'arrêtent pas de me couper la parole et gâchent mon histoire. Depuis que j'ai douze ans, l'âge légal pour faire du bénévolat sur la station, je m'occupe tous les samedis matin d'un groupe d'orphelins. Ils ont été amenés sur la station pour étudier les sciences appliquées, dans l'espoir qu'ils travailleront un jour à la maintenance. Je n'ai jamais aimé cette idéologie qui semble leur dire d'un ton condescendant : « Nous vous offrons un foyer, vous nous êtes redevables ! ». Mais notre survie dépend de chacun, je le sais bien. Et au fond, ces enfants reçoivent ici tout ce qu'ils n'auraient pas eu sur Terre en déambulant dans des rues sales, sans but. Je les connais bien. Ils sont comme les petits frères et les petites sœurs que je n'ai jamais eus. Eliott, le petit garçon du dernier rang, a peur des monstres depuis son arrivée ici. Il m'a un jour confié sa plus grande angoisse : des extraterrestres vivant parmi nous, camouflés en humains, dans le but de nous observer pour nous enlever et nous étudier comme des rats de laboratoire. Une intrigue digne de Philip K. Dick. Et quand je lui avais fait remarquer l'improbabilité de sa thèse, il m'avait répondu d'un air innocent :

- Mais on est sur Mars ! Et sur Mars, y'a des Martiens !

J'avais simplement ri à l'époque, associant son innocence à son âge. Théoriquement, étant née sur Mars, je suis moi-même une Martienne, ce que je ne lui ai pas dit, bien évidemment. Je me suis contentée de lui expliquer l'erreur exercée par le scientifique italien Giovanni Schiaparelli au XIXème siècle. Celui-ci crut observer des canaux reliant des lacs à la surface de la planète rouge, les confondant avec des crevasses formées il y a des millions d'années, lorsque des lacs salés ornaient la surface de Mars. Ses travaux furent attribués à une civilisation très évoluée : les Martiens. Je m'apprête donc à nier encore une fois, lorsqu'un évènement inhabituel se produit.

- Bien sûr ! répond une voix à l'arrière de la salle, avec

un fort accent terrien.

Levant subitement les yeux, j'aperçois le garçon qui a parlé. Au fond de la pièce, appuyé contre le mur, un jeune homme me regarde fixement. Ses cheveux noirs forment un halo autour de sa tête, alors que ses yeux de jais semblent briller d'une lueur irréelle.

- Pardon ? répliqué-je d'un ton distant et légèrement hautain.

- Les monstres ! reprend-il en s'avançant, ils existent vraiment !

Le visage d'Eliott se décompose, et des larmes perlent aux coins de ses yeux. Je n'en reviens pas ! Cela fait maintenant quatre ans que j'essaie de convaincre Eliott de l'irrationalité de ses idées, quatre ans que j'use de toutes les preuves scientifiques pour lui montrer la vérité, quatre ans que je vais à la bibliothèque tard le soir pour chercher des témoignages qui discréditent les monstres, et voilà que tout ce travail est réduit à néant par un inconnu ! Je m'apprête à l'envoyer poliment dehors, quand celui-ci reprend la parole, interrompant ma répartie.

- Les monstres existent, petit, mais pas comme on l'imagine. Nous avons chacun un monstre en nous.

Le visage d'Eliott est maintenant plus pâle que jamais. Si ce gars essaie de se rattraper, il fait fausse route.

- Ce monstre en nous, il a plusieurs noms : Colère, Désespoir, Douleur, Rage, Haine… mais pour chaque monstre il y a aussi un ange : Amour, Amitié, Gentillesse, Compassion, Générosité…

Eliott semble maintenant intrigué.

- C'est pour ça qu'il ne faut pas avoir peur des monstres : parce qu'il y a des anges pour nous protéger.

Cette fois-ci, les mots ont l'air de faire leur effet : les enfants paraissent soulagés. J'ai de la peine à l'admettre, mais ce gars a sûrement trouvé les mots. Ne sachant quoi dire, je dévisage l'inconnu, impassible, et secrètement jalouse de ce soudain succès. Je cherche comment mettre fin à ce silence embarrassant, quand Nhima m'interrompt de sa petite voix candide :

- Où qu'elle est Fridha ?

Je me renferme instantanément dans ma coquille. Mais, il est hautement déconseillé de ne pas répondre aux enfants. Aussi je me lance :

- Elle est partie, les enfants.

Je m'efforce de contenir mon émotion, mais ma voix me trahit.

- Loin… elle est sur Terre.

Les enfants baissent la tête, visiblement affectés par cette nouvelle. Mais je pense qu'ils sont aussi mélancoliques, à l'idée de cette planète qu'ils ne reverront sûrement jamais… Je regarde l'heure. 12h00. Parfait ! C'est la fin. Pour la première fois en huit ans, il était temps. La cloche sonne, et les enfants partent en courant vers le réfectoire. Avant de sortir, je passe en coup de vent devant le jeune homme. Du coin de l'œil, je vois qu'il souhaite engager la conversation, mais je n'en ai ni le temps ni l'envie. Aussi, l'ignorant superbement, je ferme la porte avec fougue et me dirige vers mon appartement.

*

Je passe toute la journée dans ma chambre à étudier. Être plongée dans mes cahiers me permet d'oublier la situation de ces derniers jours. Ma mère est loin, sur une planète hostile, mon père est un fantôme à la maison (quand il s'y trouve), mon ami ne m'adresse plus la parole, un inconnu a accompli en quelques minutes ce que j'essaie de faire depuis huit ans et ma meilleure amie est exilée sur Terre ! La nouvelle du départ du gouverneur Zendya s'est répandue dans toute la station comme une traînée de poudre. Des messages de haine, de soutien, de joie ou de respect défilent sur Canopy sous différents hastags. L'arrivée d'un autre gouverneur s'est aussitôt ébruitée. Sa déclaration officielle aura lieu ce soir dans la Grande Salle, et sera retransmise en direct dans toute la station. Pour l'occasion, mon père et moi sommes conviés au bal donné en l'honneur du nouveau Gouverneur. Je n'aime pas les bals. Je n'aime pas les robes. Je n'aime pas les fêtes. À vrai dire, je n'aime pas grand-chose, excepté les étoiles. C'est à ce même bal que, quelques années plus tôt, j'avais rencontré Fridha.

- Oublie-la, avait dit mon père.

Y arriverai-je ? Clark y sera sûrement, même s'il répugne autant que moi l'idée d'être au milieu de tout ce monde. Deux petits coups donnés sur ma porte résonnent dans la pièce et me tirent de ma torpeur.

- Tu peux entrer, papa.

Les cheveux grisonnants de mon père apparaissent alors de l'autre côté de la porte, suivis de ses yeux et enfin... je sursaute de surprise. Mon père a rasé sa barbichette immonde qu'il ne taillait jamais.

- Comment tu me trouves ? me demande-t-il.

- Hum... changé ! Plus jeune, et très beau. Maman le sait ?

- Oui. Mais elle m'a seulement dit que j'étais différent.

D'un geste, il pose une housse devant lui.

- Elle m'a demandé de te prêter sa robe de soirée.

Un large sourire se dessine sur ses lèvres, tandis que j'attrape le sac, en proie à une certaine excitation. Ma mère a ramené cette robe de la Terre lorsqu'elle est venue sur la station. Depuis toute petite, cette pièce de soie est le fruit défendu avec lequel je n'ai jamais eu le droit de jouer.

- Prépare-toi, on part dans une heure ! me lance mon père en sortant.

C'est ainsi qu'une heure plus tard, je m'avance dans la Cinquième Avenue, escortée de plusieurs gardes, tenant le bras de mon père. Malgré la richesse de l'étoffe et les regards qui se tournent vers moi, je me sens mal à l'aise, comme à mon habitude dans ce genre d'occasion. Je regrette déjà d'avoir accepté l'invitation.

Chapitre 6

La grande salle se situe à l'Est du premier complexe, à côté du quartier résidentiel Est et du réfectoire. C'est une grande pièce circulaire surmontée d'un dôme de verre qui permet à ses hôtes d'admirer le ciel étoilé. Les murs, en hommage aux grands peintres terrestres, sont ornés de fresques dans le style de ce qui fut, autrefois, la chapelle Sixtine, détruite au XXIIème par des terroristes anarchistes. Quand mon père et moi arrivons devant la salle, deux gardes nous demandent nos laissez-passer. Après avoir scanné nos empreintes digitales, vocales et rétiniennes, les gardes s'écartent de l'entrée. Les portes s'ouvrent alors pour dévoiler toute la splendeur de la pièce : chacune des trente-mille ampoules LED (reproduisant avec précision la lueur d'une bougie) a été allumée pour l'occasion, projetant un jeu d'ombres mouvantes sur les visages peints sur les murs. Je ne suis venue que deux fois dans cette partie de la station, mais à chaque visite, ce fut un moment d'ébahissement ! Si la soirée s'annonce terriblement ennuyeuse, je trouverai une consolation dans ce décor époustouflant, en admirant les constellations au-dessus de nous. Je serais capable de toutes les identifier et de les nommer les yeux fermés. Parmi elles se trouve la mienne : *Aries*, le Bélier. En pénétrant dans la salle, j'ai la désagréable impression que beaucoup de regards sont posés sur moi. Cette impression est vite confirmée par mon père, qui me chuchote à l'oreille :

- On dirait que tu as des admirateurs... ou que tu fais des envieux.

Je souris, gênée. Je déteste être au centre de l'attention. Je m'y sens oppressée et dévisagée. Clark m'a dit un jour que c'était la raison pour laquelle je préférais les étoiles : elles ne nous jugent pas. Clark ! Je l'aperçois dans un coin de la pièce, à côté du buffet, à l'écart de la foule. Ce soir, il a abandonné son jean délavé et son sweat trop large pour laisser place à un somptueux costume blanc. Je ne l'ai jamais vu aussi élégant. Je quitte mon père et m'approche de mon ami, tout en cherchant une quelconque excuse. Celui-ci m'aperçoit et fait mine de partir, mais je suis plus rapide et je le retiens par le bras.

- Clark, lui dis-je alors en desserrant mon étreinte, s'il te plaît écoute-moi.

Il me dévisage lentement, sans sourire, sans malice, sans aucune autre expression sur son visage que de l'indifférence.

- Je te demande pardon pour hier. J'ai agi comme une vraie gamine. Je ne voulais pas te blesser. C'est juste que...

Je ne peux pas continuer. Il m'est souvent difficile de mettre des mots sur mes émotions, et je me sens idiote. J'aurais aimé être un automate pour ne pas avoir à subir toutes ses conventions inutiles, toutes ces gênes et ces tracas sentimentaux. J'aurais juste aimé retrouver mon ami d'enfance et passer une bonne soirée, ni plus ni moins.

Clark, qui me regarde toujours sans rien dire, retrouve soudain son petit sourire narquois, et m'examine de la tête aux pieds, avec cet air habituel qui m'insupporte :

- Tu es toute jolie, ce soir, pour une gamine, tu sais ?

Je souris timidement : Clark m'a pardonné. Mais j'ai autre chose en tête.

- J'ai du nouveau pour Fridha, commencé-je.

Je lui fais signe de se mettre un peu plus loin et j'entame le récit des évènements qui se sont déroulés depuis que nous nous sommes quittés vendredi.

- Je pense, dis-je pour conclure, que ces hommes dont Lalie avait si peur sont dans la station. Ce n'est qu'une hypothèse, mais j'ai l'impression qu'il se passe quelque chose.

Clark semble réfléchir. Je lui laisse le temps de digérer cette nouvelle et tout ce qu'elle implique. Quand il reprend la parole, sa voix a perdu tout accent de son habituelle ironie sarcastique.

- Je ne comprends pas ! déclare Clark. La dernière fois que je l'ai vue, elle était comme d'habitude, enfin, tu sais, pour cette histoire de chagrin…

Mais il se tait brusquement. Et pour cause : un homme ventripotent passe à côté de nous. Après s'être chargé d'une dizaine de mini-sandwiches, il repart de son pas nonchalant.

- Jeudi soir, alors que j'allais chez un client, Fridha m'a intercepté dans le couloir, continue le jeune homme. Sur le moment je n'y ai pas fait attention, mais elle m'a paru plus anxieuse qu'à l'ordinaire.

Clark se tait de nouveau : l'homme ventripotent revient à la charge vers les petits fours. Je lui fais signe de s'éloigner encore, pour parler plus librement.

- Elle, commença Clark visiblement gêné, elle m'a semblé faire des adieux.

- Comment ça ? demandé-je, surprise.

- Eh bien, elle a remémoré tous les bons moments qu'on avait passés ensemble, puis...

Clark se met alors à fixer le sol. Il continue d'une voix embarrassée :

- Et c'est alors qu'elle me l'a avoué. Sur le moment, j'ai cru qu'elle parlait d'amitié, mais c'était plus que ça… tu piges ?

Je ne remets pas en question la parole de Clark. Pourtant, j'ai du mal à croire que Fridha ait gardé ça pour elle pendant tout ce temps. Clark remarque sûrement mon état de confusion, car il ajoute :

- Je sais que c'est dur à croire. J'ai été aussi surpris que toi. Surtout quand elle a voulu m'embrasser.

- Quoi ? m'exclamé-je.

- Je l'ai repoussée, mais ça l'a vexée... Même si elle est partie en disant que ce n'était pas grave, qu'on resterait amis, elle avait l'air blessée. Je ne voulais pas lui faire du mal, Aries, je te le jure mais... je crois que tu sais très bien qu'elle n'est pas mon genre.

Effectivement, je le sais. Clark n'a jamais eu besoin de dire quoique ce soit, je le sais, c'est tout. Ce n'est pas une histoire de codes ou de traits caractéristiques, mais simplement l'essence même de son être, sa nature profonde, privée de tout amalgame ou norme sociale. Je suis amie avec Clark, et quand on connaît bien une personne, on en sait parfois plus qu'elle-même à son sujet. Heureusement, nous vivons dans un monde qui a beaucoup évolué et Clark n'a jamais eu besoin de se cacher. J'ai toujours admiré la force de caractère qui lui a permis de comprendre ses attirances et de les assumer très jeune. Je n'aime pas parler ici de différence ou de choix personnels, car l'homosexualité n'est rien d'autre que de l'amour d'homme à homme.

Je réfléchis longuement à ce que vient de me dire Clark, mais le silence dont Fridha a fait preuve altère mon jugement. Je dois pourtant me rendre à l'évidence : elle avait des secrets. Ne trouvant plus rien à ajouter, je m'approche de Clark et nous nous serrons vigoureusement la main, une vieille blague qui remonte à l'époque où nous étions enfants.

- Qu'allons-nous faire pour elle ? me demande Clark au bout d'un moment.

- Je n'en sais rien. Je retournerai chez elle pour poser des questions à Lalie. Peut-être que si tu venais avec moi, on aurait plus de chance.

- J'y serai.

Clark me lâche doucement et me regarde droit dans les yeux.

- J'ai quelque chose à te dire, commence-t-il, incertain.

- Oui ?

Je soutiens son regard, attendant la suite. Pour être honnête je m'attends encore à l'une de ses blagues sarcastiques dont

Fridha et moi sommes souvent les victimes collatérales…

- Je suis avec quelqu'un.

Là, je suis intriguée... Quelqu'un a-t-il réussi à faire fondre le cœur de Clark Parrisson, la personne la plus fière, la plus indépendante et la plus solitaire de la station ?

- Et qui est-ce ? demandé-je, de plus en plus intéressée.
- Ça risque d'être difficile à entendre.

Vous n'imaginez même pas l'état d'excitation dans lequel je suis, ignorant la pointe d'appréhension qui monte du fond de mon estomac.

- C'est Bill Funsen, le fils de Kathe et Louis Funsen.

Je souris.

- Félicitations ! m'écrié-je en lui sautant au cou. J'ai toujours su que quelqu'un te supporterait un jour !
- Eh, doucement joli cœur ! me dit-il entre deux éclats de rire. Tu vas faire fuir mes potentiels clients, avec tout ce dégoulinement d'amour.

Je le lâche en riant. Effectivement, Bill est le genre de personne connue pour son caractère agressif, ses sautes d'humeur excessives et son goût prononcé pour la violence. Certaines rumeurs prétendent même qu'il a passé un petit séjour à l'ombre pour coups et blessures. D'autres disent qu'il consomme des amphétamines depuis son plus jeune âge. Pourtant, je ne suis pas inquiète, car il travaille avec moi depuis des années, à l'orphelinat, et je le vois se transformer en véritable guimauve avec les enfants. Alors non, je ne suis définitivement pas préoccupée.

Soudain, le grésillement d'un micro résonne dans la pièce. Les lumières faiblissent, et seule la scène reste sous les feux des projecteurs. Alors, mon père apparaît, splendide, tel Napoléon à Austerlitz.

- Bonsoir Mesdames et Messieurs ! lance-t-il à la foule.

Tous les regards se tournent vers lui, sans que cela paraisse lui faire le moindre effet. Au contraire, il est aussi naturel que s'il était à la maison, nous racontant sa journée. Je l'admire pour sa droiture et l'aura qu'il dégage à chaque parole.

- Comme vous le savez, continue-t-il, notre bien-aimé gouverneur a décidé de revenir sur sa chère planète natale. Suite à ce départ précipité, il m'a demandé de prononcer quelques mots.

Sur ce, mon père sort de sa poche son transmetteur sur lequel il lit solennellement quelques phrases aux allures officielles, tout droit sorties d'une déclaration passe-partout. Bien sûr, vous et moi savons que quelque chose se trame derrière cette mascarade, mais les hôtes semblent émus et applaudissent à tout rompre. J'ai évidemment bien l'intention d'éclaircir ce mystère ! Mon père range soigneusement l'appareil dans sa poche, avec des gestes beaucoup trop théâtraux pour être naturels.

- Maintenant, dit-il avec un enthousiasme que je reconnais également feint, je vous prie d'accueillir votre nouveau gouverneur : Monsieur Blanc-Neuve !

Des applaudissements polis s'élèvent de la foule, alors qu'au même moment, un homme monte sur la scène. Ou du moins une ombre d'homme, tant celui-ci est maigre. Les acclamations se muent en un silence d'effroi à la vue de cette silhouette squelettique. Quelques murmures parviennent çà et là, avant de laisser place à un long silence embarrassant. Le nouveau Gouverneur s'empare alors d'un nano-micro qu'il place sur sa glotte. La technologie permet ensuite d'amplifier naturellement sa voix, reliée en Bluetooth à des enceintes camouflées dans la salle.

- Merci de votre accueil chaleureux, articule finalement le cadavre ambulant avec un fort accent terrien.

Quelques applaudissements reprennent faiblement afin de soutenir ses paroles.

- Ce soir, continue-t-il avec un fort effort d'élocution, j'ai le grand honneur, mes chers compatriotes, de me présenter devant vous comme l'a fait mon prédécesseur quelques années auparavant. Je m'appelle Mortimer Blanc-Neuve ; je suis conseiller sur Terre depuis une dizaine d'années. Mon programme, pour ces prochaines années, est le suivant...

Je vous épargne le discours politique habituel concernant les nouvelles réformes, les lois, les changements... tout ce dont Clark et moi raffolons ! Dans l'assemblée, la foule réunie autour de l'estrade reçoit ces paroles avec une indifférence palpable. Cependant, au milieu du jargon électoral habituel, une chose m'interpelle.

- Comme vous le savez, continue le Gouverneur Blanc-Neuve d'un même ton monotone, Mars à fait, depuis quelques années déjà, la demande d'une indépendance totale. Ayant déjà une autonomie judiciaire et financière, la station revendique également davantage de liberté et de gestion propre pour ne pas être influencée par les politiques en jeu sur Terre. Le gouverneur Zendya était convaincu que cette indépendance serait possible quand la station serait entièrement autonome. Sachez, mes chers concitoyens, que ce projet ne sera pas envisageable avant de nombreuses années et, pour des raisons techniques comme politiques, je ne soutiendrai pas ce fantasme !

Des murmures parcourent la salle à l'évocation d'une telle rupture. Le gouverneur Zendya avait une très grande popularité, et critiquer ouvertement sa politique s'avère être un coup de pied dans la fourmilière. L'indifférence semble dorénavant s'être muée en animosité. Il faut comprendre, mes chers lecteurs, qu'un nouveau gouverneur s'installe du jour au lendemain sur Mars, sans l'approbation des résidents, sans vote et sans référendum, et renverse dès le premier jour la politique routinière de la station ! Les habitants de M-One ont toujours choisi leurs représentants, mais celui-ci semble être tombé du ciel, et les Martiens ne vont pas beaucoup l'aimer.

- Mais ne nous précipitons pas, reprend rapidement l'homme-squelette. Le Conseil et moi en discuterons plus profondément. Concernant l'éducation...

Mais je n'écoute plus le Gouverneur. Une théorie s'élabore peu à peu dans ma tête. Quelque chose de surréaliste, d'impossible même. Et pourtant...

- Clark, dis-je en l'attirant encore plus loin dans la salle, tu crois que le Gouverneur Zendya est parti à cause d'un désaccord politique ?

Clark semble lui aussi en proie à un débat intérieur.

- Peut-être. Après tout, ce ne serait pas la première fois qu'un représentant politique recevrait des menaces ou des pots de vin.

- Le Gouverneur Zendya ne se serait jamais laisser acheter ! rétorqué-je, piquée à vif.

- Bien sûr, je le sais, répond Clark encore plus bas. Je dis simplement qu'on a peut-être voulu le mettre à l'écart. Peut-être aussi qu'il avait réellement envie de repartir sur Terre.

- Oui, mais ce genre de choses ne se décide pas au dernier moment et Fridha aurait eu le temps de nous prévenir, non ?

- Peut-être, oui, réplique-t-il pensif. Mais il est possible que... hé ! C'est qui, lui ?

Clark désigne quelque chose derrière moi. En me retournant, je comprends qu'il parle de la scène. Je plisse les yeux, aveuglée par la lumière, et aperçois finalement l'inconnu de ce matin, debout dans un somptueux costume bleu marine. J'ai beau cligner des paupières pour en être sûre, cela ne fait aucun doute : le fils du gouverneur est le même garçon que j'ai envoyé promener ce matin même.

Aucune pression…

- Et j'aimerais vous présenter mon fils, déclare le Gouverneur, Phœnix Blanc-Neuve !

Le père lui donne alors un nano-micro.

- Bonsoir tout le monde ! s'exclame le fils d'une voix guillerette qui lui donne un air innocent.

Des acclamations s'élèvent de part et d'autre de la salle

devant cet ange en costume. Pourtant, mon cerveau ne pense qu'à une chose : Phœnix est la constellation qui se situe dans l'Hémisphère sud, entre Achemar, l'extrémité de la rivière Eridan, et Fomalhaut, solitaire du Poisson Austral. Clark, lui, ne pense visiblement qu'au torse que cache cette chemise.

- Très bien ! s'exclame-t-il encore. Maintenant que j'ai fait mon apparition, je peux retourner vers le buffet ?

Je ne sais pas si cette réplique était convenue, mais elle fait rire tout le monde et détend l'atmosphère. Tout le monde, sauf Clark et moi, qui nous regardons d'un air surpris. Sous un tonnerre d'applaudissement, Phœnix sort de la scène et laisse place à mon père.

- Maintenant, déclare alors celui-ci en m'adressant un clin d'œil furtif, si Monsieur le Gouverneur le permet, commençons à danser !

Je comprends maintenant le clin d'œil : je déteste danser. Bouger son corps de manière rythmée et cadencée me semble être une perte monumentale de temps et d'énergie, noyée dans la masse humaine. Heureusement, je ne vais jamais aux bals de fin d'année, et je n'ai jamais eu à supporter un cavalier. De toute façon, personne en dehors de Clark et de Fridha ne m'adresse la parole. Un slow ouvre alors le bal et des couples commencent à piétiner la piste dans un froissement de tissus et une quincaillerie de bijoux tape-à-l'œil. Je me tourne vers Clark.

- N'essaie même pas de m'inviter ! lui dis-je d'un ton résolu.

- Et si, moi, j'ose ? s'élève une voix dans mon dos.

En me retournant je découvre l'inconnu, enfin Phœnix, le sourire aux lèvres.

- Non merci, répliqué-je d'un ton froid, je n'en ai pas envie.

L'espace d'une seconde son sourire se fige, comme arrêté par le temps. Alors que je pense qu'il s'apprête à tourner les talons, Clark me pousse dans ses bras en disant :

- Mais non, au contraire, elle adore danser ! Elle est juste un peu timide !

Je lui jette un regard noir, mais avant que je puisse répliquer, je me retrouve sur la piste, tenant d'une main l'épaule et de l'autre la main de Phœnix. J'angoisse à la seule idée de commettre un faux pas et d'avoir l'air ridicule… Je remarque alors que ses yeux, que je croyais noirs, sont d'un bleu sombre, similaire à l'étoffe de ma robe.

- Excuse-moi d'être intervenu lors de ton histoire, ce matin, balbutie-t-il pendant quelques secondes. J'étais venu avec l'intention de me présenter.

Je souris afin de rester polie. Je compte laisser le silence s'étirer pour prolonger son embarras, mais je finis par répliquer, presque malgré moi :

- J'accepte tes excuses. Eliott peut maintenant dormir sans lumière, et mon histoire était de toute façon terminée.

- Je n'ai pas entendu la fin, remarque le jeune homme.

- Eh bien, commencé-je sournoisement à la manière de Clark, le monstre dévore la gentille petite biche et se fait un nouveau manteau avec sa fourrure.

Les yeux de Phœnix s'écarquillent :

- Sérieusement ?

Je fais mine d'être surprise.

- Oui, sérieusement ! dis-je sur un ton faussement vexé. Les prédateurs mangent les proies, et cela depuis toujours, sur Terre comme ailleurs. Nous ne pouvons pas protéger les enfants de ce qu'ils apprendront tôt au tard, c'est-à-dire la balance naturelle de la vie.

Phœnix a l'air à la fois émerveillé et consterné. J'imagine ce qu'il doit se dire en ce moment même : comment va-t-il se sortir de cette situation ? Mais tout ce qu'il réussit à bredouiller c'est :

- Ah... intéressant.

Alors je n'y tiens plus. J'explose d'un rire sonore qui attire sur moi quelques regards : les habitants de Mars n'ont pas tellement l'habitude de me voir rire, ou tout simplement sourire.

- Je plaisante ! réussis-je à articuler entre deux hoquets. L'histoire se termine quand le monstre redevient un beau prince et épouse la biche qui se métamorphose en une belle princesse. Ils se marient et ont beaucoup d'enfants, dans un beau château fleuri. Invraisemblable et déjà vu, mais du rêve, c'est tout ce dont ils ont besoin, à leur âge.

Phœnix se met alors à rire, visiblement soulagé. Je vois bien que j'ai réussi mon coup : il ne sait même plus quoi dire ! Et tant mieux : je n'ai pas envie de parler. La musique change de rythme et nous accélérons, tournant et virevoltant en cadence dans un silence mutuel. Plusieurs fois j'écrase inéluctablement les pieds de mon partenaire, mais celui-ci ne semble pas s'en rendre compte. Alors que nous entamons notre troisième danse, le Gouverneur Blanc-Neuve vient interpeller son fils. Bredouillant quelques excuses, je repars aussitôt dans mon coin sombre avec mon ami, associable, ravie d'échapper aux projecteurs.

- Pas mal le duo, pour une personne aussi maladroite ! me dit Clark avec un clin d'œil.

J'ignore sa remarque et nous passons le reste de la soirée

ensemble, oubliant le monde autour de nous, discutant de tout et de rien, comme dans notre enfance. Je remarque cependant une chose étrange : mon père danse avec une autre femme que ma mère, lui qui déteste danser tout autant que moi ! Je ne m'alarme pas, mais cette vision me donne tout de même un léger coup de poing dans l'estomac.

*

2h00

Sur le chemin du retour, je donne le bras à Clark, alors que nous nous dirigeons vers l'appartement de Fridha. Avec un peu de chance, Lalie s'y trouve toujours, malgré l'arrivée du nouveau Gouverneur. Mais après avoir frappé à la porte pendant plusieurs minutes, nous nous rendons à l'évidence : Lalie a déjà quitté les lieux.

- Ce n'est pas grave, me dit Clark, nous la chercherons plus...

Un cri strident déchire l'air, alors que nous remontons le couloir qui mène à nos quartiers. Sans hésiter une seconde, encombrée par mon étroite robe, je m'élance dans la direction des pleurs, traversant tant bien que mal l'aile présidentielle. Alors que nous arrivons en trombe à l'angle du quartier résidentiel nord, j'aperçois une forme inerte sur le sol. Quelques mètres plus loin, blanche comme un linge, une femme habillée dans la traditionnelle tenue d'auxiliaire d'entretien pleure toutes les larmes de son corps. Clark se précipite vers elle alors qu'elle vacille dangereusement, et la rattrape au moment où elle s'effondre, perdant connaissance. Je remarque alors que l'étrange forme au sol est en réalité un corps. Clark tapote doucement les joues de la jeune femme afin de la réanimer. La femme ouvre alors les yeux à moitié, et murmure un mot que je n'arrive pas à entendre. Cependant Clark l'a très bien compris, car il relève des yeux écarquillés et me montre du doigt le corps inerte en murmurant :

- Aries...

Je m'aperçois alors que je connais ces longs cheveux noirs, typiquement andalous, qui baignent dans une mare de sang. Ils appartiennent à Lalie.

Chapitre 7

Quand je repense à ce samedi soir, seul un trou noir me revient en mémoire. J'ai dansé avec un jeune homme, je suis allée chez le Gouverneur avec Clark, j'ai découvert Lalie à terre, morte, et... plus rien. Clark m'a dit que je m'étais contentée de rentrer chez moi après avoir fait ma déclaration aux gardes, et qu'il m'avait aidée à me coucher, de peur que je ne m'évanouisse, encore sous le choc.

- Lalie est morte ! me répété-je depuis hier soir, comme pour m'en convaincre.

J'ai passé toute la nuit à cogiter, à réfléchir sur la signification des récents événements. D'abord Fridha disparaît du jour au lendemain avec toute sa famille. Dans le même temps, un nouveau Gouverneur, tout droit sorti d'une morgue, arrive avec son fils aux allures mystérieuses. Enfin, des inconnus menacent Lalie, et celle-ci est retrouvée morte le lendemain, baignant dans son propre sang. Si je ne l'étais pas avant, je suis maintenant convaincue que quelque chose se trame au sein de la station.

*

- Comment ça, un suicide ? m'exclamé-je.

- C'est ce que les médecins disent ! me répond Clark.

Je n'en crois pas un mot. Comment Lalie aurait-elle pu se suicider, alors qu'elle avait encore toute la vie devant elle ? Et puis... qui se donne la mort au milieu d'un couloir ? Je regarde mon ami à travers le transmetteur, mais lui aussi a l'air dépassé par la situation. Il y a quelques minutes, je dormais encore d'un sommeil léger et agité quand il m'a contactée. Celui-ci a obtenu le rapport d'autopsie de Lalie par ses informateurs de la morgue, qu'il fournit régulièrement en came afin de supporter le poids de leur métier.

- Je voulais te le dire avant que tu l'apprennes sur Canopy ! me dit-il.

Je connais la façon qu'ont les internautes de déformer la vérité pour en faire une affaire croustillante.

- Merci Clark ! rétorqué-je simplement.

- De rien ma belle. (Clark se tait un instant) Et pour Fridha ?

La question me prend de court. Je n'avais pas encore pensé

aux conséquences de la mort de Lalie.

- Je ne sais pas ! soupiré-je. Cette affaire nous dépasse clairement.

À travers l'écran, Clark fronce les sourcils et se gratte frénétiquement le derrière de la nuque, visiblement tracassé.

- Dans la série des mauvaises nouvelles, déclare-t-il, les récentes lois du Gouverneur ne vont pas me faciliter la tâche dans mon petit commerce et je risque de fermer boutique pour de bon.

Je réfléchis à ce que Clark vient de dire. Non pas que je me soucie de son trafic, au contraire, mais il vient de me donner une idée. Je souris, heureuse d'avoir un vrai plan, pour une fois.

- À quoi tu penses ? me demande-t-il.

- Je sais comment avoir plus de renseignements ! Tu te rappelles de Phœnix ?

- Je ne suis pas près de l'oublier celui-là, me répond-il avec un sourire rêveur.

- Clark !

- Oui, pardon.

- Je pense que je pourrais obtenir quelques infor...

- Non ! s'écrit-il soudainement.

Sa réaction me prend au dépourvu.

- Pourquoi ? C'est une bonne idée !

- Non. Tu ne sais pas dans quel camp il est !

Je le dévisage sans comprendre. C'est peut-être le seul moyen de savoir ce qui est arrivé à Fridha ! D'un point de vue stratégique, c'est sans doute le meilleur plan que nous n'ayons jamais eu.

- Et s'il raconte tout à son père ? enchérit Clark. Il y aura une enquête et je serai dans la merde !

- Mais...

- Non ! S'il te plaît Aries, promets-moi de laisser tomber !

Je ne peux pas laisser tomber. C'est hors de question. Mais Clark doit me croire hors-jeu pour me laisser en paix et ne pas gâcher mon idée. Bien ! Je devrai continuer la chasse à l'homme toute seule.

- D'accord, dis-je alors. C'est promis. Je trouverai un autre moyen.

Je n'en pense pas un mot.

*

Peu de temps après avoir raccroché avec Clark, je rejoins

mon père dans le salon. Le dimanche a son avantage : il ne rentre pas tard, et ma mère nous a promis d'appeler ce soir afin de prendre de nos nouvelles. En m'asseyant à côté de lui, je sens une odeur de fleur. Il me semble que c'est... de la rose. Etrange.

Soudain, l'écran de verre s'allume et le visage radieux de ma mère apparaît en grand.

- Salut maman ! m'exclamé-je.

Ma mère me sourit en retour. Je vois qu'elle a l'air fatiguée. Son travail doit la tenir éveillée tard ces temps-ci. Mon père et elle se sont bien trouvés.

- Salut ma chérie ! me répond-elle. Quoi de neuf ?

Je ne mentionne pas mes doutes concernant la soudaine disparition de Fridha : inutile de tracasser ma mère plus qu'elle ne l'est déjà. La discussion s'enchaîne comme dans une famille normale, qui vit, d'une part sur Terre, et de l'autre sur Mars.

*

La fin de journée s'écoule lentement, entre deux révisions, mais je n'arrive pas à chasser le souvenir du corps sanguinolent de Lalie, qui me hante comme une malédiction. Vers dix-huit heures, n'y tenant plus, je contacte Clark via mon transmetteur. Après quelques sonneries qui me paraissent interminables, le visage du jeune homme apparaît sur la plaque de verre. Les cheveux en bataille, torse nu, il me dévisage d'un air embarrassé.

- Ah… c'est toi, Aries, me dit-il. Tu as besoin de quelque chose ?

Inutile d'être un as pour comprendre que je tombe mal... Derrière lui, un bruit de tissu froissé se fait entendre, que le jeune homme essaie vainement de dissimuler en toussant. Soudain, une voix caverneuse s'élève dans la pièce. Cette fois-ci, Clark n'essaie même pas de la couvrir.

- Qui c'est ? demande l'inconnu.

À ce moment-là, j'aperçois le visage rougeaud de Bill Funsen pointer derrière l'épaule de mon ami. Devant l'air visiblement embarrassé que laisse paraître celui-ci, il ne m'en faut pas plus pour comprendre. Mal à l'aise à mon tour, je balbutie quelques secondes, jusqu'à ce que Bill prenne la parole.

- Salut Aries ! On peut t'aider ? demande-t-il gaiement.

La situation est tellement perturbante que j'ai envie de rire.

- Non, non… ne vous dérangez pas pour moi.

Alors que j'allais raccrocher, je demande tout de même à

Clark :

- Tu ne pourrais pas me prêter le badge pirate de ta mère ?

Bill et Clark échangent un regard surpris.

- Pourquoi en aurais-tu besoin ? demande ce dernier.

J'hésite avant de répondre. Je n'ai pas envie que mon ami ait des problèmes à cause de mes agissements, mais jusqu'où suis-je prête à aller pour découvrir la vérité ?

- J'aimerais aller dire au-revoir à Lalie ! répliqué-je simplement.

Je ne mentionne pas mes autres intentions, dans le cas où la ligne ne serait pas protégée. Clark me regarde maintenant d'un air compatissant, comme pour se dire « J'aurais dû deviner ! ». Un épais silence succède à ma déclaration, interrompu au bout de quelques secondes par un sanglot. Non, je ne rêve pas : Bill Funsen, la brute de cent kilos, essuie une larme au coin de son œil.

- Clarky, commence celui-ci, tu ne peux pas la laisser y aller seule. Ça ne se fait pas seul une expédition dans une morgue. Ça grouille de cadavres et… c'est pas cool, les cadavres.

Clark pousse un long soupir. Quand il relève les yeux vers

moi, visiblement las, il déclare :

- Rendez-vous à minuit devant ta porte. On s'y faufilera pendant la relève des gardes.

Alors que je m'apprête à le remercier, il ajoute :

- Sois pas en retard.

L'écran redevient noir, alors que les deux garçons échangent un baiser fougueux.

*

23h59

À pas lents, vêtue entièrement de noir avec une vieille casquette des Yankees vissée sur la tête, je me dirige vers la porte d'entrée de mon appartement. Mon père n'est pas encore rentré : je dois donc faire attention à ne pas le croiser dans les couloirs. Je suis à la fois excitée et un peu inquiète : c'est la première fois que j'agis dans le dos de mes parents... Fuguer avec Clark Parrisson ? Je vous aurais répondu : « Jamais ! ». Arrivée dans le couloir, je découvre Clark adossé nonchalamment au mur, un œil sur sa montre (une de ses vieilles antiquités terrestres du XXIème siècle à laquelle il est très attaché). J'ai cru comprendre qu'elle appartenait à son père, un riche homme d'affaires resté sur Terre. Clark n'en a jamais parlé, et je n'ai jamais posé la question.

- Il est 00h01. On ne vous apprend pas l'exactitude en sciences ? me lance-t-il nonchalamment.

- Tu es de mauvais poil parce que j'ai interrompu ta « soirée pyjama » ? rétorqué-je instantanément.

- En quelque sorte. Allez, on se bouge. Si ça continue on va manquer notre fenêtre.

Nous nous dirigeons vers la morgue, traversant simplement la Cinquième Avenue avant de bifurquer vers le bâtiment Nord. Par chance (et surtout par privilège), l'hôpital se situe juste à côté de nos quartiers. La morgue est un petit local annexé à l'hôpital, les morts étant plutôt rares sur la planète rouge. Pour un Terrien, ce dédale de couloirs serait indifférenciable, les murs se ressemblant comme à l'identique. Mais nous, nous avons grandi ici, et nous pouvons nous orienter les yeux fermés. Enfin, nous arrivons devant la morgue. Clark sort de sa poche le badge piraté, qui ressemble à s'y méprendre à un original.

- Tu veux voir un tour de magie ? me dit-il d'un air malicieux.

Clark place la copie devant le scanner. Rien. Pendant un moment, je l'avoue, je crains que la porte ne s'ouvre pas. Puis, dans le silence des couloirs grouillants habituellement de monde, un « bip » strident retentit, alors que la diode passe du rouge au vert.

- Après toi ! me dit-il très solennellement.

Nous pénétrons dans un petit bureau meublé seulement d'une table et d'une immense armoire où sont classés les dossiers. En cherchant dans la catégorie « Nouveaux clients » (ils ont le sens de l'humour), nous trouvons le numéro de Lalie. Clark et moi nous dirigeons vers la salle d'autopsie, conjointe au bureau. Le froid de la chambre mortuaire nous saisit dès que nous passons la porte, mordant notre chair comme pour nous rappeler que nous serons, à notre tour, sur l'une de ces tables glaciales. Juste en face, de l'autre côté de la pièce, la porte menant au crématorium laisse passer une odeur de chair brûlée et de cendres froides. Un simple écran numérique portant l'inscription « La chambre d'Hadès » a été simplement fixé sur l'acier rouillé. Les médecins légistes ont décidément le sens de l'humour.

Numéro 7.

Je m'approche avec précaution de la porte en acier gelé, redoutant ce que je vais découvrir.

- On peut toujours faire demi-tour si tu ne t'en sens pas le courage, me murmure Clark à l'oreille.

Même si sa voix a perdu tout accent moqueur, je sens bien qu'il ne tient pas à ouvrir cette porte.

- Non ! On doit le faire ! répliqué-je. Pour Lalie.

Je regarde Clark dans les yeux.

- Pour Fridha.

À l'évocation du nom de notre amie, Clark soutient mon regard.

- Et si les réponses que l'on cherchait se trouvaient là ? dis-je finalement.

Clark hoche la tête, l'air résolu. À deux, nous tirons vigoureusement le tiroir mortuaire sans réfléchir plus longtemps, de peur de flancher. Mon souffle se coupe, face à ce visage blafard qui a perdu toute étincelle de vie. Je n'avais jamais vu de cadavre auparavant, et je ne pense pas pouvoir oublier cette première rencontre. Sur sa tempe, le sang a été soigneusement nettoyé, laissant simplement apparaître l'orifice rougeâtre par lequel est entrée la balle qui a été fatale à la jeune femme. Avec une curiosité malsaine, poussée par un étrange sentiment mêlé de désir et de peur, je pose ma main sur le front lisse de Lalie. Je tressaille au contact de sa peau sèche et glaciale. Le repos qu'offre la mort peut sembler attirant, mais je songe aussi à toutes ces années de vie qui lui ont été arrachées, laissant le vide se remplir d'un assourdissant silence. Si l'on y réfléchit, Lalie avait à peine quelques années de plus que moi. Cela aurait pu être Clark, Fridha ou même moi, couchés sur cette table glaciale, contraints au silence éternel.

- Aries...

Clark attire mon attention sur le bras de la défunte. Il pointe du doigt une veine qui semble anormalement sombre. En nous rapprochant, nous remarquons, sur son avant-bras, un bleu formant un halo autour d'une minuscule marque de piqûre.

- Qu'en penses-tu ? demandé-je à Clark, l'expert en substance illicite.

- Je ne sais pas trop ! répond-il en s'approchant de la tâche bleuâtre. On ne dirait pas une drogue comme les autres. Tu vois ses yeux, me dit-il en écartant doucement les paupières de Lalie, ils sont sanguinolents, et ses veines sont enflées.

Je regarde intensément Clark, pour l'inciter à exposer ses hypothèses.

- Eh bien, commence-t-il, incertain. Fridha en saurait sûrement plus...

- Mais ? l'incité-je avec un geste de la main.

- Mais je pense qu'il s'agit d'un poison.

Comme hystérique, je me tourne brusquement vers le cadavre, cherchant un indice, quel qui soit, afin de retrouver l'assassin. Clark, plus méthodique, s'est emparé d'un coton-tige et exerce des prélèvements salivaires sur la défunte.

Alors que je palpe désespérément sa peau flétrie, la porte de la chambre mortuaire s'ouvre brusquement derrière nous.

- Que faites-vous ici ? demande une voix masculine.

Clark et moi nous retournons d'un bond, terrifiés. Ça y est, je suis prise ! L'assistant du vieux docteur Erikson se trouve devant nous, un soda à la main.

- Clark ? s'exclame soudain le jeune homme à peine pubère en apercevant mon ami.

Je regarde ce dernier en coin, stupéfaite. Si celui-ci a un tour de passe-passe dans sa manche, c'est le moment.

- Salut Phil ! Comment va ta mère ? répond-il avec un enthousiasme feint.

Le boutonneux pose sa canette sur l'une des tables et déclare d'un ton sec :

- Elle est morte il y a deux mois. On l'a enterrée avec papa, sur Terre. Il faut dire que les pilules que tu lui donnais ne l'aidaient pas.

« On est vraiment dans la merde », me dis-je. À ma grande surprise, Clark répond sans se démonter, de son célèbre ton de négociateur - celui-là même qu'il utilisait avec sa mère pour sortir le soir :

- Tu tiens le coup ? Tu sais, j'ai un nouveau produit qui pourrait…

Mais le jeune homme l'interrompt net :

- Je veux pas de ta merde, Clark ! Maintenant, tous les deux, qu'est-ce que vous faites ici ?

« C'est la fin ». Je glisse mon regard vers Clark, mais celui-ci ne répond rien. Au contraire, il évite même de me regarder en retour. S'il ne fait rien, nous sommes perdus ! Soudain, une idée me vient, tellement incongrue qu'elle me paraît excellente : un plan délicat pour une situation délicate : 50 % de réussite, du poker à l'état pur.

- Tu te rappelles de Stacy Miller ? demandé-je anodinement à Clark.

Celui-ci me regarde avec un air d'incompréhension. Remarquant mon regard complice, il secoue affirmativement la tête. De son côté, au simple nom de Stacy, Phil s'est instinctivement tourné vers moi.

- Tu sais qu'elle m'a parlé de toi, encore récemment ? dis-je alors à son intention. Je crois qu'elle t'aime bien.

Phil écarquille tellement les yeux que je crains qu'ils sortent de leurs orbites.

- C'est... c'est vrai ? demande-t-il

- Ouais ! dis-je en me forçant à sourire. Elle adore aller au cinéma. Or, il paraît que t'es un grand amateur des salles noires, non ?

Le visage de Phil devient si rouge qu'il ne doit pas être loin de l'arrêt cardiaque. D'une voix chevrotante, sous le coup de l'émotion, il bredouille :

- Ou-ou-oui, ç-ça s-serait b-bien s-si je pouvais l'accompagner !

Avec des gestes faussement naturels, je recouvre respectueusement le corps de Lalie, lui disant adieu du regard une dernière fois. Après avoir verrouillé le casier mortuaire, d'un air aussi anodin que possible je me retourne gaiement vers Clark, toujours estomaqué, en déclarant :

- Allez viens, on rentre. Il se fait tard.

Alors que nous passons devant Phil, celui-ci s'exclame, comme soudain sorti de son fantasme idyllique :

- Attendez ! Je peux pas vous laisser...

Sans lui laisser le temps de répondre, je déclare sans me retourner, d'une voix sèche :

- Tu veux toujours aller au cinéma avec Stacy ? Alors

cette petite visite reste entre nous.

Sur ce, nous nous dirigeons vers la porte en souhaitant une bonne nuit à Phil. Avant de partir, je dis tout de même au jeune homme :

- Elle te contactera quand elle sera disponible. Tu sauras patienter ? Quand on aime on ne compte pas, paraît-il !

De retour dans le couloir, Clark et moi courons à en perdre haleine en direction de nos quartiers, sans nous retourner. Finalement, arrivés devant la porte présidentielle, nous stoppons notre course endiablée, reprenant notre souffle. Quand je relève les yeux, je m'aperçois que Clark me dévisage intensément. Il n'a pas dit un mot depuis notre rencontre avec Phil.

- Tu crois que ça va marcher ton petit numéro ? me demande-t-il finalement.

Je suis à la fois surprise et ravie que Clark s'avoue passif de la situation. Aussi je réponds :

- Je connais Phil depuis la maternelle. Il reproduisait toujours le même dessin : Stacy et lui, tantôt en train de se marier, tantôt avec des enfants ou pour un simple pique-nique familial au bord d'un lac. Plutôt romantique.

Clark me fixe dorénavant d'un air dubitatif : il ne peut

que s'incliner devant ce coup de maître.

- Il ne parlera pas ?

- Non ! Il préfèrerait courir le risque, même s'il avait seulement une chance sur mille d'avoir un rendez-vous avec Stacy.

Sans préliminaires, Clark se met à rire, un peu trop bruyamment à mon goût.

- Respect, Aries ! dit-il finalement. Tu nous as sauvés ce soir.

- J'ai eu le meilleur des professeurs, répliqué-je avec un clin d'œil.

Alors que nous nous apprêtons à regagner nos appartements, des voix s'élèvent derrière nous. J'entraîne rapidement Clark dans un coin sombre, alors que des bruits de pas se rapprochent dangereusement. J'aperçois soudain mon père marchant côte à côte avec la Ministre de l'Education. Tous les deux sourient à pleines dents, se tenant bras dessus dessous. Voir mon père ainsi, irradié de bonheur avec une autre femme que ma mère, me fend le cœur. J'assimile soudain les différents indices amassés depuis quelques jours : les sorties nocturnes de mon père, soi-disant professionnelles, la danse pendant le bal, l'odeur de parfum féminin sur ses vêtements, tout cela se mélange dans ma tête, tournant et retournant dangereusement, menaçant, dans la hâte, de me faire imploser. Sans nous apercevoir, le couple pénètre dans les quartiers présidentiels. Clark remarque visiblement mon trouble car il ajoute :

- Ça ne veut peut-être rien dire...

Mensonge ! Trahison ! Voilà tout ce que mon cerveau me hurle, encore et encore.

- Aries ! répète Clark, tu m'écoutes ?

Non, je ne l'écoute plus.

- Je vais encore avoir besoin de ton badge pirate, murmuré-je à l'attention de Clark.

Chapitre 8

- Non ! C'est hors-de-question !

Voilà ce que m'a dit Clark, hier soir, alors que je lui demandais de me prêter une nouvelle fois le badge pirate de sa mère. Allongée sur mon lit, je réfléchis à un plan d'attaque, telle une véritable cheffe de guerre. J'énumère mes avantages, mes points faibles, élaborant un plan stratégiquement infaillible. Comprendre le meurtre de Lalie, retrouver Fridha, percer mon père à jour. Trois objectifs, un seul moyen. Clark m'a conseillé d'ouvrir le dialogue avec mon père, mais je ne saurais pas comment amener le sujet. Alors, il m'a recommandé d'attendre quelque temps et d'observer ses attitudes avant de crier au scandale.

- Seulement après, m'a-t-il dit, tu pourras essayer d'engager le dialogue. Mais assure-toi d'abord d'avoir des preuves !

Le problème, c'est que je n'ai pas la patience d'attendre. Depuis quelques jours, un feu ardent brûle à l'intérieur de mon cœur. C'est ce feu qui a menacé Clark, c'est lui qui a fugué hier soir, grâce à un badge pirate de la Première Ministre, c'est ce même feu qui a fait chanter Phil... Clark refuse de m'aider dans mon entreprise tant que ce brasier empoisonnera mon identité.

- Tu me fais peur en ce moment ! m'a-t-il simplement dit.

Tant pis ! Je n'ai pas besoin de lui. Hier soir en a été la preuve : l'élève a dépassé le maître. Il me suffirait d'accéder au bureau de mon père pour fouiller dans ses dossiers professionnels et recueillir quelques pistes. Il doit bien y conserver des rapports d'enquêtes criminelles, aussi bien que des indices concernant la démission du Gouverneur Zendya ! Cependant, je ne vais pas pouvoir m'y rendre si facilement, car celui-ci se trouve dans l'aile la plus sécurisée de la station. Situés en face du réfectoire, les bureaux présidentiels sont gardés par deux portes blindées à reconnaissance faciale et rétinienne. Deux gardes se relèvent toute la journée devant les locaux pour assurer la sécurité des diplomates. C'est une véritable forteresse, et il est impossible d'y entrer.

L'ordinateur quantique personnel de mon père aurait pu me fournir un accès direct vers le serveur sécurisé, mais mes compétences en informatique sont trop limitées pour ce genre d'opération. La seule option restante est la filature. Le suivre un ou deux jours, glaner des informations et découvrir le fond de ces évènements inhabituels en plaçant un nano-enregistreur sur lui. Un plan facile ! Mais il me faudra tôt ou tard un badge, et il est impossible de le dérober à Clark : il sera sur ses gardes. Pour ce point, je n'ai pas encore d'alternative.

Mon réveil sonne à 7h15. Je n'ai pas dormi de la nuit. En me levant, je remarque dans le miroir les cernes qui forment sous mes yeux deux halos sombres… Parfait ! Une bonne excuse pour ne pas aller en cours aujourd'hui ! Mon père est déjà parti au travail, comme d'habitude. Je lui envoie donc un message sur son transmetteur, photo à l'appui. Quelques minutes plus tard, une réponse me parvient : je suis dispensée de cours pour la journée.

Bien. La filature peut commencer.

*

Un petit tour dans le super-ordinateur personnel de mon père me confirme qu'il a des rendez-vous toute la matinée. Sa pause-déjeuner commence à 13h00 et finit à 14h00. Le bon moment pour frapper : s'il sort avec une femme, je le verrai et je pourrai me faufiler au travers de la foule sans me faire remarquer pour lui poser un nano-enregistreur. Je m'équipe du matériel nécessaire et déboule sur la cinquième avenue, vêtue des mêmes vêtements sombres que la veille. Je traverse les couloirs bondés de monde jusqu'à l'aile des bureaux présidentiels. Là, je trouve rapidement un coin sombre où je pourrai observer les entrées et les sorties.

8h00

Sans surprise, je vois les autres conseillers arriver les uns après les autres, précédés par le nouveau gouverneur Blanc-Neuve. Je tressaille à la vue de sa silhouette squelettique qui ne va pas sans me rappeler le corps froid et silencieux de Lalie.

9h00

Le temps me semble être une éternité, me tenant là sans rien faire ! Je patiente comme je peux, jouant nerveusement avec une mèche de mes cheveux ou énumérant mentalement le tableau périodique des éléments.

10h00

N'y tenant plus, je fais quelques pas dans le couloir pour me dégourdir les jambes. J'ai une pensée douloureusement admirative pour les gardes nationaux anglais qui devaient rester des heures immobiles, au temps où la royauté existait encore... Alors que je reprends ma position, une voix m'interpelle. Je me retourne vivement, l'air coupable, et découvre Phœnix devant moi, un gobelet de café synthétique à la main.

- Qu'est-ce que tu fais là ? lui lancé-je d'un ton désinvolte.

Celui-ci hausse légèrement les sourcils, l'air surpris. Cette grimace renforce son air béat, et je ne peux m'empêcher de le comparer à une loutre. J'évite de justesse de pouffer de rire...

- Je pourrais te poser la même question ! me répond-il. Pourquoi n'es-tu pas en cours ?

Sa présence m'encombre. J'ai envie de m'en débarrasser lorsque je me rappelle qu'il pourrait m'être utile. Je joue la carte de la sociabilité (pas mon point fort) et engage la conversation.

- As-tu entendu parler de la femme de chambre retrouvée morte ? dis-je d'un ton faussement chaleureux qui me fait ressembler à une psychopathe.
- Ouais... une histoire horrible, répond le jeune homme.
- C'est moi qui l'ai découverte.

Phœnix me fixe maintenant d'un œil horrifié mais empathique. Parfait ! Il sera plus disposé à répondre à mes questions. Je continue donc sur cette lancée.

- C'était affreux ! Je n'oublierai jamais son visage ! Mon père m'a accordé la journée pour m'en remettre, continué-je.

Clark m'a toujours dit qu'un bon mensonge devait comporter une part de vérité. Aussi, je ne force pas ma voix et me laisse submerger par mes propres émotions. Décernezmoi la palme d'or.

- C'est totalement compréhensible ! répond le jeune homme après un moment. Le choc a dû être énorme ! Tu ne devrais même pas rester seule après ce genre d'incident. Si ça ne t'embête pas, pourrais-tu profiter de cette journée sabbatique pour me faire visiter un peu la station ? J'ai peur de me perdre, tout seul ici.

J'étudie rapidement sa proposition. Il me reste deux heures à tuer avant la pause-déjeuner de mon père. Deux heures pendant lesquelles je vais devenir folle si je reste devant cette porte close une minute de plus. Ce sera l'occasion pour moi d'en apprendre un peu plus sur mes nouveaux voisins et d'essayer de comprendre le pourquoi de cette arrivée si soudaine ! J'accepte donc, résolue. Nous remontons l'allée, en direction du bâtiment scolaire, où je lui énumère les différentes sections. J'apprends alors que Phœnix suit des cours d'ingénierie informatique. Cela me changera des poésies improvisées de Clark. Nous allons repartir, lorsqu'il désigne la porte des Artistes.

- Là, continué-je, c'est la porte de la honte. La minuscule salle où un groupe d'étudiants drogués aux amphétamines imagine un monde meilleur à coups de crayons et de papier froissé, coupés de toute technologie.

Phœnix me regarde intensément.

- Qu'as-tu contre l'Art ? me demande-t-il alors. Ce n'est pas la première fois que je t'entends le poignarder ouvertement !

- Je n'ai rien contre l'Art ! rétorqué-je nonchalamment, piquée. Ce sont les artistes qui m'insupportent, avec leurs manières mystiques et leur soi-disant « génie ». Au fond, ils sont passifs, et se contentent de donner des leçons qu'eux-mêmes ne suivent pas. Ils sont les premiers à franchir les limites qu'ils mettent en place, et leur hypocrisie n'a d'égale que leur prétentieuse estime d'eux-mêmes…

J'ai tapé fort. Nous continuons à déambuler dans les couloirs en silence, mais, au bout d'un moment, Phœnix réplique d'une voix calme, trop pédagogique à mon goût :

- Mais, c'est justement la vision de l'artiste qui fait toute la beauté et la diversité de l'Art ! Dénigre-t-on un boulanger parce qu'il fait du pain ? Alors pourquoi dénigrer un artiste qui fait de l'Art ? Peut-être que les scientifiques bâtissent le monde, mais les artistes, sans aucun doute, l'érigent. Tiens quand tu vas au cinéma...

- Je ne vais jamais au cinéma !

- Il y a pourtant de bons films ! réplique Phœnix, alors que nous nous avançons dans l'allée.

- Sur Terre, peut-être, mais sur Mars, ce ne sont que des blockbusters hollywoodiens déjà-vus.

- Comment le sais-tu si tu n'y vas pas ? répond soudainement le jeune homme avec un sourire aux lèvres.

Je suis prise de court. Clark, lui, aurait sûrement su rebondir. Quant à moi, je me contente de hausser les épaules et de continuer ma route en direction de la Grande Place. Là, la foule se fait plus dense et nous jouons des coudes pour nous frayer un chemin.

- C'est ici que se trouvent tous les commerces de la station. C'est également là que se trouve le premier organisme vivant exporté sur Mars ! dis-je en pénétrant sur la place par l'une des quatre grandes portes en verre.

Devant nous se dresse Amazonia, l'arbre né sur Terre au XXIème siècle, pendant la colonisation de Mars. Les astronautes l'ont baptisé ainsi en mémoire de la forêt amazonienne, détruite au milieu du XXIème siècle par des chercheurs de pétrole. Alors que je reste bouche bée, comme à mon habitude, devant ce géant de verdure, Phœnix, quant à lui, semble moins ébahi.

- C'est un baobab d'Afrique ! me dit-il après une minute de contemplation. Un arbre qui était autrefois très répandu, avant la guerre nucléaire.

Sans plus d'émoi, nous passons devant le cinéma, la

bibliothèque, les complexes sportifs, le garage et le centre de maintenance. Après une visite relativement complète, je me rends compte avec stupeur qu'il est midi passé. Sans plus de civilités, je plante Phœnix et rejoins en trombe les bureaux de mon père.

Arrivée sur place, j'aperçois des ministres qui déambulent dans l'allée, mais mon père n'est pas dans le couloir. C'est trop tard ! Il a dû sortir avant que je ne revienne… Il faudra que je recommence demain, ou que j'essaye de l'intercepter au réfectoire. Alors que je commence à imaginer une quelconque excuse pour me dispenser des cours du lendemain, je vois mon père s'avancer bras dessus- dessous avec sa partenaire de danse du bal. Ajustant ma casquette sur ma tête, je leur emboîte le pas, gardant une certaine distance afin d'être camouflée dans la foule.

Soudain, une main se pose vigoureusement sur mon épaule : encore Phœnix ! Il ne lâche donc jamais l'affaire ! En sueur et essoufflé, il parle difficilement :

- J'ai eu du mal à te rattraper ! Tu es partie si vite... me dit-il.

Au loin, j'aperçois mon père qui disparaît au milieu de la masse humaine. Il ne faut pas que je le perde de vue, sinon je ne pourrai plus le retrouver, au milieu de la cinquième avenue. Sans plus de courtoisie je chuchote à Phœnix :

- Écoute… je n'ai pas le temps pour le moment.

Rapidement, je traverse la foule afin de suivre mon père. Au milieu de tous ces visages, je n'arrive pas à l'apercevoir, et je commence à regarder frénétiquement autour de moi. Personne ! Il s'est volatilisé ! Frustrée et soudainement oppressée au milieu de ce monde, je rentre en courant chez moi, traversant les couloirs sans même les voir. Comme dans un mauvais cauchemar, je revois le visage blême de Lalie, entrecoupé par les battements acharnés de mon cœur en délire. L'odeur de chair putride me revient en mémoire alors que je pénètre dans mon salon. Au milieu d'une crise de larmes, je vomis une bile acide avant de m'étaler sur le sol, évanouie.

*

À mon réveil, seul le goût métallique du sang me parvient distinctement. Je me redresse avec peine et aperçoit la plaie béante sur mon front dans le reflet du sol brillant. Chancelante, je m'approche d'une chaise sur laquelle je me laisse tomber lourdement. J'interpelle l'Intelligence Artificielle domestique, Alli, d'une commande vocale.

- Bonjour Aries. Que puis-je faire pour vous ? répond une vois robotique.

Je jette un coup d'œil au sang poisseux qui suinte sur le bout de mes doigts, alors qu'à quelques mètres de moi gît mon reflux gastrique... charmant.

- Alli, déclenche le nettoyeur et prépare le kit de premiers secours, dis-je à l'attention de l'Intelligence Artificielle.

Un bip clair me signale que ma commande a bien été enregistrée. Pendant que le petit robot s'active à nettoyer le sol à l'aide de ses capteurs thermiques, je me dirige vers la salle de bain. Derrière le miroir, une petite trappe s'est ouverte, d'où dépasse un autre scanner qui s'empresse de détecter l'ampleur de mes blessures. Après un moment de silence, Alli déclare :

- Vous souffrez d'une entaille profonde nécessitant une intervention médicalisée. Veuillez-vous diriger vers un professionnel de santé.

Je ne peux malheureusement pas m'offrir le luxe d'aller à l'hôpital : nos actions sont enregistrées, tout comme nos moindres faits et gestes ; mon père apprendrait alors ce qui m'est arrivé. Je tente de convaincre Alli de me laisser me soigner, mais la machine me refuse l'accès au matériel... Saleté d'Intelligence Artificielle ! Si Fridha était là, elle m'aurait recousue en un rien de temps. Une idée me vient alors :

- Alli, puisque tu ne veux pas me laisser me soigner, tu n'as qu'à t'en charger.

Après quelques secondes de silence, la machine réplique :

- Je suis désolée, je ne comprends pas bien votre demande.

- C'est pourtant simple : tu vas me recoudre.

L'objectif du scanner semble me fixer intensément, comme Hal 9000 dans le célèbre film de Kubrick.

- Je suis désolée ! Je ne possède pas les compétences nécessaires pour une telle opération, finit-elle par répondre.

Foutue machine ! Je ne pourrai pas intervenir contre son programme. Il me faudrait un arnaqueur, quelqu'un pour embrouiller les programmes… comme Clark. Non, je ne peux pas me permettre de lui demander de l'aide encore une fois ! Je ne peux pas non plus attendre quoi que ce soit de la part d'Alli. Je ne peux pas aller à l'hôpital, et, je ne peux pas compter sur mon sang froid, étant hématophobe. Je n'ai donc pas le choix : je dois attendre le retour de mon père et me débrouiller avec ce que je trouve sous la main. Dépitée, je me rends dans la cuisine, cherchant n'importe quoi qui pourrait faire office de compresse. Alors que je fouille frénétiquement les tiroirs, deux coups brefs retentissent à la porte. Mon père ne rentre jamais aussi tôt, et ma mère est actuellement sur Terre !

- Alli ! Qui frappe à la porte ? demandé-je.

- Phœnix Blanc-neuve, étudiant en ingénierie-informatique, fils du...

Il me vient alors une idée ! Je dissimule ma blessure d'une main tandis que je déverrouille le mécanisme de la porte de l'autre. Si Phœnix connaît les intelligences artificielles, il pourra pirater le système d'Alli. Dans un bruissement d'air, le jeune homme apparaît dans l'embrasure de la porte, un paquet à la main. Pendant une seconde, il sourit béatement puis, regardant au-dessus de mon crâne, il écarquille les yeux avec effroi. Dans mon élan, je n'ai pas pensé à dissimuler le sang frais sur mon visage. J'imagine que je dois ressembler à Hannibal Lecter, en ce moment même !

- Aries ! s'exclame-t-il vivement, est-ce que tout va bien ?

Je le fais entrer après avoir vérifié que personne ne nous épie depuis le couloir.

- Ce n'est rien ! répliqué-je. J'ai simplement glissé et je me suis cogné la tête.

- Viens, je t'accompagne à l'infirmerie ! commence-t-il gentiment en me prenant le bras.

- Non ! m'écrié-je.

Instinctivement, je me dégage de son étreinte. Il me regarde intensément, visiblement blessé, mais non moins surpris.

D'une voix grave il déclare :

- C'est en lien avec ta course folle de tout à l'heure ?

Cette fois-ci, c'est à mon tour de le dévisager avec stupeur.

- Ne fais pas l'innocente, poursuit-il. Je t'ai vue courir comme si ta vie en dépendait, juste après que tu m'aies planté pour la seconde fois de la journée.

Je me sens un peu honteuse : j'aurais mille fois préféré m'évanouir une deuxième fois, plutôt que d'avoir à subir les reproches d'un terrien.

- Je te connais peu, c'est vrai, continue le jeune homme, mais, il n'y a pas besoin d'être un génie pour comprendre que tu trames quelque chose. D'abord, tu sèches les cours, tu fais le pied de grue devant les bureaux du Conseil, et tu disparais sans prévenir dans les couloirs. Puis, je te retrouve ici, le visage en sang. Alors, je te le demande, Aries. Qu'est-ce que tu manigances ?

Cher lecteur, je ne sais pas quoi répondre à cela ! Irrationnellement, j'ai subitement envie de me confier à cet étranger. Pourtant, un dilemme s'ouvre à moi : lui révéler mon plan reviendrait à admettre ma culpabilité et les délits dans lesquels j'ai entraîné Clark. Mais, je ne peux pas non plus me braquer, au risque de voir s'envoler mon unique source d'informations. J'opte pour la solution Clark : « une partie de la vérité vaut mieux qu'un mensonge ».

- Je pense que mon père entretient une liaison avec l'une de ses collègues.

Phœnix me regarde sans rien dire, les doigts crispés sur le paquet qu'il tient depuis son arrivée.

- Voilà pourquoi je ne peux pas aller à l'infirmerie ! Il le saurait ! Et je veux lui en parler seulement quand le moment sera venu.

Seul le léger bourdonnement de l'air conditionné se fait entendre dans la pièce, au moment où le jeune homme reprend la parole :

- Aries, commence-t-il, je suis dé...

- Je n'ai pas besoin de ta pitié ! l'interrompé-je plus violemment que je ne l'aurais voulu. J'ai simplement besoin que tu reconfigures Alli pour qu'elle me laisse accéder à la trousse de soins.

Le jeune homme semble encore une fois touché. Il finit par répondre au bout d'un long moment de réflexion :

- Je pourrais contourner les centaines de systèmes de sécurité, afin d'autoriser Alli à enfreindre ses algorithmes. Mais cela me prendrait des heures, et d'ici là, tu serais morte d'une hémorragie.

Je dois avouer que la déclaration de Phœnix me fait froid dans le dos. Je n'avais pas envisagé une seule seconde que cette blessure pourrait m'être fatale ! Alors que je commence sérieusement à me sentir défaillante, Phœnix dépose son mystérieux bagage sur la table basse et me saisit par les épaules, juste avant que je ne tourne de l'œil une seconde fois.

- Je ne veux pas aller à l'hôpital, lui dis-je désespérément, je ne veux pas y aller !

Pendant quelques secondes, je plonge mon regard dans le sien, cherchant un peu de réconfort dans ses yeux sombres, lorsque celui-ci déclare soudainement :

- Je vais t'aider ! Ma mère était infirmière. Elle m'a enseigné quelques trucs. Viens t'asseoir, je vais chercher du matériel.

Quelques minutes plus tard, le jeune homme est de retour avec un kit de secours.

- Comment as-tu réussi à l'obtenir ? lui demandé-je, surprise.

- Alli est un ordinateur, répond le jeune homme. Un ordinateur ne réfléchit pas : il calcule ! Les données de son équation lui ordonnaient de ne pas te céder le matériel, car tu aurais pu te soigner toi-même. Change les données, tu obtiens une nouvelle équation et donc...

- Un nouveau résultat ! Alli t'a cédé le matériel car tu ne représentes pas une menace pour toi-même, puisque tu n'es pas blessé.

Phœnix me sourit, tout en sortant un scalpel de la trousse de soins. Alors qu'il commence à tripoter ma plaie béante, une vague d'angoisse me saisit malgré moi... Remarquant ma panique, le jeune homme :

- Maintenant, il va falloir que tu te détendes le plus possible. Plus tu seras en confiance, moins tu auras mal.

Pour essayer de me calmer, je décide de parler.

- Je suis désolée de t'avoir embarqué là-dedans, dis-je pour essayer de me détendre. Autrefois, ma meilleure amie m'aurait soignée. Mais elle est retournée sur Terre maintenant.

J'espère intérieurement que Phœnix ne me charcutera pas trop.

- La distance est la pire des sentences, répond-il distraitement. Voilà pourquoi tu devrais essayer de parler à ton père avant que cela ne vous sépare définitivement.

Je le regarde discrètement, décelant une pointe de remord dans sa voix. Fait-il référence à quelqu'un ? Tenant une compresse dans une main, l'agent antiseptique entre ses dents et le fil de suture dans l'autre, il a l'air d'avoir fait ça toute sa vie. Après quelques minutes de silence, le jeune homme attrape une lampe à UV, une petite merveille inventée au XXIIème siècle qui accélère le temps de cicatrisation. La chaleur du laser se répand sur mon front dans un gargouillis d'épiderme. Phœnix me tend alors le petit miroir présent dans la trousse de secours. Je reste ébahie devant la précision et la délicatesse dont il a fait preuve : la cicatrice est propre et nette, les points sont déjà résorbés et tombent comme des mouches dans ma main. Je ne conserverai qu'une légère marque au-dessus de l'arcade gauche.

- C'est excellent ! dis-je époustouflée. Ta mère doit être fière de toi !

- Oui, répond-il en apportant les compresses sales devant la bouche d'aspiration, elle l'est !

Je ne peux m'empêcher de remarquer le timbre de tristesse qui résonne dans sa voix. Cédant à ma curiosité je lui demande :

- Je ne l'ai pas vue lors de la cérémonie, mais j'aimerais bien la rencontrer pour...

- Elle est restée sur Terre avec ma petite sœur,

m'interrompt le jeune homme. Mon père et elle ont divorcé il y a deux ans.

Faites-moi penser à ne plus jamais poser de questions stupides ! Je ne sais pas ce qui m'a pris. D'ordinaire, je n'aime pas discuter.

- Je suis désolée, c'était indiscret.

Phœnix sourit faiblement, et nous nettoyons les dernières parcelles de mon salon encore taché de sang.

- Je devrais y aller ! déclare alors le jeune homme une fois le travail terminé.

- Merci pour les points, dis-je tandis qu'il s'enfonce rapidement dans le couloir.

Lorsque la porte se referme derrière lui, j'aperçois son paquet toujours sur la table basse. Je m'élance rapidement dans le corridor alors que Phœnix s'apprête à rentrer dans son appartement.

- Attends ! m'écrié-je en le rattrapant. Tu as oublié ceci !

J'arrive enfin à son niveau, la tête bourdonnante.

- Attention ! me sermonne le jeune homme. Tu ne devrais pas faire tant d'efforts, sinon tu risques de perdre connaissance.

En effet, des étoiles commencent à danser devant mes yeux, lorsque Phœnix ajoute :

- Le paquet est pour toi, en souvenir de notre discussion.

Sans plus de civilité, nous rentrons chacun dans nos quartiers. Tel un corps vide, je m'affale sur le canapé, épuisée. Après avoir fixé pendant un moment le mystérieux présent de Phœnix, je me décide enfin à l'ouvrir, cédant encore une fois à la curiosité. Je ne peux m'empêcher de sourire face à un vieux livre du XXIème siècle qui se dévoile sous mes yeux : « L'Art dans tous ses états ».

Phœnix a de l'humour.

Chapitre 9

Le surlendemain, à 17h30 précise, je m'élance dans le vide et retombe dans l'eau fraîche. Musique sur les oreilles, je débute ma séance de natation en me laissant porter naturellement par mes mouvements. J'ai toujours aimé le contact de l'eau sur ma peau, et les doigts fripés en sortant du bassin. Aujourd'hui, le complexe aquatique est désert car c'est le jour réservé aux membres présidentiels. Je n'aime pas nager, mais j'aime me laisser flotter à la surface de l'eau pour regarder le plafond. Le dôme translucide permet d'admirer plusieurs constellations simultanément sans avoir à tourner la tête. Arrivée au centre du bassin, je me tourne donc sur le dos et m'abandonne au rythme des remous du bassin sur un air de Frank Sinatra. Aujourd'hui, je n'ai pas envie de répertorier les étoiles. Je n'ai pas non plus envie de réfléchir à quoique ce soit. Aujourd'hui, je me laisse simplement aller en fermant les yeux. Tout là-haut brille *Aries*, le Bélier, et, même si je ne la vois pas, je sens sa présence lumineuse au-dessus de ma tête. Ma mère se laissait flotter avec moi, quand j'étais plus jeune, et me parlait de la constellation.

- C'est ta bonne étoile, me disait-elle. Si tu te sens triste, retrouve-la dans le ciel.

C'était un conte de fée, mais j'ai conservé cette habitude. Soudain, un choc retentit à côté de ma tête. Je me redresse en sursaut, buvant la tasse au passage. Devant moi, les deux derniers enfants du Ministre de la Culture s'amusent à se jeter dans l'eau le plus bruyamment possible ! Renfrognée, je m'extirpe du bassin sans un mot et remonte au vestiaire. Au-dessus de moi, le ciel est nuageux et aucune étoile ne brille ce soir.

Un rapide tour dans la cabine automatique me permet d'être rincée et séchée en quelques secondes seulement. Quelques minutes plus tard, je débouche dans l'allée grouillante de monde, essuyant les quelques gouttes d'eau restant encore dans mes oreilles. Alors que je longe le bâtiment scolaire pour rentrer chez moi, je tourne distraitement la tête vers le cinéma. Les affiches numériques des derniers blockbusters sont placardées et attirent une foule considérable de fans historiques qui se battent pour voir en avant-première le quarante-troisième volet de Star Wars. Alors que je m'apprête à continuer mon chemin, je remarque que le régisseur tient à la main une affiche. Une véritable affiche en papier glacé, qui devrait être dans un musée du Conservatoire National. Je n'avais jamais vu de véritable papier, excepté à travers des vitres blindées, aussi, ce spectacle me paraît-il incongru. L'homme me regarde soudain intensément, s'apercevant de ma présence. Poliment, il me fait signe d'approcher.

- Connaissez-vous Buster Keaton Mademoiselle ? me demande-t-il alors.

Buster qui ? Je me contente de secouer négativement la tête en guise de réponse. L'homme sourit tristement et désigne l'affiche.

- Plus personne ne le connaît ! répond-il. Il n'y a pas que le cinéma parlant qui l'ait rendu anonyme.

Je hoche la tête respectueusement, sans comprendre ce qu'il entend par là. Alors que je pense prétexter une quelconque excuse pour m'éloigner, l'homme déclare :

- Cela vous plairait-il de regarder l'un de ses films ?

Avant que je puisse répondre, l'homme me dévoile l'affiche qu'il tient entre ses mains. Il s'agit d'un poster d'un blanc délavé, qui semble aussi vieux que M-One. À l'intérieur, un énorme « 7 » rouge, recouvert de visages féminins qui s'imposent à côté d'un homme portant un chapeau plat, les yeux baissés, l'air triste. La devise de l'État Mondial, tout en bas de l'affiche, me prouve qu'il s'agit d'une reproduction. Même si je ne connais pas ce cinéaste, je suis tentée de refuser la proposition de l'homme, lorsque les remarques de Phœnix me reviennent en mémoire. J'étais convaincue que les films, au cinéma, n'étaient que des copiés/collés, alors même que je n'y suis que rarement allée... Sur un coup de tête, j'accepte et me laisse guider jusqu'à une petite salle obscure par le régisseur. Là-bas, alors que je suis seule dans la pièce, il me fait asseoir sur un siège en me souhaitant une bonne séance.

Soudain, au milieu du silence obscur, une lumière blanche m'aveugle pendant quelques instants avant de laisser place à un carton annonçant : « Buster Keaton in Seven Chances », alors qu'une mélodie de piano rythmée lui emboîte le pas. Instinctivement, je commence à regretter d'être venue perdre mon temps devant une comédie romantique de l'âge d'or du cinéma muet. Les premiers cartons défilent, mettant en scène un personnage amoureux qui n'ose pas l'avouer à son amie mais qui, de manière rocambolesque, finit par l'épouser. Plus le film avance, plus je me laisse emporter par les images, même si les gags burlesques grossiers et le fond raciste du XXème siècle me font quelquefois lever les yeux au ciel. Lors de la course poursuite, ma tension artérielle grimpe en flèche alors que je me prends à espérer que le personnage s'en sorte indemne et, lorsque les lumières se rallument, ma surprise m'incommode. Je crois pouvoir dire que je viens de passer un bon moment au cinéma, devant un film qui a plus de trois siècles d'âge ! Je sors de la salle désorientée, en proie à toutes sortes de réflexions. Alors que je m'apprête à rentrer chez moi, encore toute étourdie, je me retrouve nez à nez avec Sly.

Celle-ci me sourit et désigne l'affiche numérique de Star Wars.

- Toi aussi tu es amatrice de la Force ? me demande-t-elle.

Je souris, embarrassée.

- Pas vraiment ! répliqué-je simplement

Sly hausse les épaules d'un air nonchalant.

- Tu devrais ! continue-elle. La façon dont Hollywood s'est approprié le système solaire est...

Sly est interrompue par un vacarme assourdissant en provenance de la Cinquième Avenue. Soudain, un groupe de gardes armés débouche du coin de la Grande Place et fondent sur nous. À quelques mètres seulement, ils arrêtent leur course et se placent en formation défensive. Je reste pétrifiée, alors que le bout de leurs canons se pointe vers Sly et moi.

- Mademoiselle Denver ! crie l'un des gardes en début de la file, mettez les mains bien en évidence.

Sly se tourne vers moi d'un air terrifié.

- Que se passe-t-il ? demande-t-elle d'une voix

chevrotante. Je n'ai rien fait !

Les gardes se rapprochent alors un peu plus près de nous, en braquant toujours leurs armes sur son visage.

- Mademoiselle Zomanof, m'interpelle alors l'un d'eux, écartez-vous.

Je m'exécute lentement, m'éloignant pas à pas de Sly qui me regarde d'un air ahuri. Lorsque j'arrive au niveau des gardes, l'un d'eux se précipite sur moi et me tire en arrière en me protégeant de son bouclier en titane. Plaquée contre le mur, des hommes armés tout autour de moi, je n'ose même plus respirer. Le couloir s'est soudainement rempli de curieux qui filment la scène avec leurs transmetteurs tout en restant à bonne distance.

- Mais qu'est-ce qu'il se passe ? demandé-je alors d'une voix tremblante.

Le garde me chuchote à l'oreille :

- C'est un membre de la Résistance. Elle peut être armée, et avoir l'intention de s'en servir contre nous.

Je reste bouche bée ! Sly Denver, une résistante ? L'un des gardes s'avance prudemment vers la jeune femme, lui ordonnant de se mettre à genoux. Exécutant les ordres, celle-ci est interpellée et des menottes lui sont passées au cou et aux poignets. Des larmes de rage coulent sur ses joues alors que ses chefs d'accusation lui sont lus :

- Sly Denver ! Vous êtes en état d'arrestation pour conspiration illicite et appartenance à une organisation terroriste. Vous avez le droit de garder le...

- Tenir des propos anti-gouvernementaux ne signifie pas appartenir à la Résistance ! s'exclame-t-elle avec animosité, interrompant l'homme.

La garde qui lui passait les menottes lui décoche une gifle qui la fait taire instantanément :

- Ferme-la, susurre-t-elle entre ses dents, ou tu verras ce qu'on réserve aux terroristes !

Sly relève la tête, la joue rouge et les yeux brillants. Sans ménagement, un autre garde la plaque au sol tandis que celui qui s'apparente au chef s'approche d'elle, un scanner à la main. En l'apercevant, celle-ci tente de se débattre, mais la pression qui la maintient au sol est trop forte. Alors qu'elle hurle de rage, le garde balaye sa nuque avec le scanner avant de sortir un couteau de sa poche. Les hurlements de Sly se changent alors en cris de douleur lorsque le garde lacère proprement sa chair et retire son implant neuronal. Je déglutis avec peine, en me passant machinalement une main sur la nuque, rassurée de sentir la petite bosse en bas de mon crâne. Nos implants sont des cartes d'identités, des passeports, des banques de données personnelles. Vivre sans implant, c'est vivre sans identité, être renié par la société, ne plus appartenir à l'État Mondial. Vivre sans implant revient à faire partie de la Résistance, à être un terroriste.

Alors que Sly a soudainement cessé de se débattre, évanouie à cause de la douleur, deux gardes la relèvent sans ménagement et disparaissent derrière le coin de la Grande Place, en traînant son corps derrière eux. Les gardes s'éloignent ensuite sur un signe de leur chef, qui s'approche de moi en essuyant sa lame encore couverte du sang de Sly.

- Soyez tranquille Mademoiselle, me souffle-t-il au visage avec une haleine mentholée, la menace est neutralisée.

Je hoche respectueusement la tête et me faufile dans la foule qui se disperse au milieu de l'allée.

*

Encore abasourdie par cette altercation, je rentre chez moi en traînant des pieds et m'effondre sur mon matelas en poussant un long soupir.

- Bonsoir Aries, déclare Alli. Vous avez l'air préoccupée.

Je fixe le plafond en repensant à Sly. Je la connais depuis plusieurs années et je ne soupçonnais en rien ses agissements criminels. J'aurais aimé pouvoir méditer un peu plus, mais déjà mon transmetteur s'allume frénétiquement et l'hashtag

« SlyDenverRésistante » fait fureur sur Canopy. Certains Martiens ont diffusé des vidéos de l'arrestation, et des commentaires tout droit venus de Terre, Jupiter, Saturne et même des bouseux de la Lune déferlent sur mon écran de verre. J'enfouis rapidement mon transmetteur sous mon oreiller et ferme les yeux. Je repense à Sly, cette fille qui n'avait jamais la langue dans sa poche et qui semblait avoir son avis sur tout, au plus grand désespoir de nos professeurs.

- Alli ! dis-je à l'attention de l'intelligence artificielle en me remémorant son intervention. Pourquoi l'État Mondial a-t-il interdit les religions ?

Un bip strident me signale que l'ordinateur a enregistré ma demande.

- Ce sont les croyances en général qui ont été interdites, me répond finalement la voix robotique d'Alli, car elles étaient sources de divergences et provoquaient des tensions entre les individus

Je me redresse dans mon lit, perplexe.

- Oui… mais leur but était-il de semer le trouble ? m'enquis-je alors.

- Les croyances étaient sujettes à interprétation et n'aspiraient pas aux mêmes idéaux que l'État Mondial, répond Alli, et le monde est meilleur depuis qu'elles ne sont plus.

Je fronce les sourcils, repensant à ce que disait Sly.

- Alli, demandé-je ainsi, pourrais-tu me lire un passage d'un texte religieux ?

La réponse vient au bout de quelques secondes. Seul le ronronnement de l'air conditionné résonne dans la pièce.

- Je regrette Aries. Je n'ai pas accès aux archives.

Ma curiosité est piquée à vif.

- Quel est le niveau d'agrémentation ?

- Présidentiel. Me répond Alli.

J'en reste bouche bée. Pourquoi l'État mondial cacherait-il jalousement des archives de textes religieux ?

- Alli, est-il vrai que l'un des préceptes bouddhistes célébrait la vie et condamnait celui qui la prenait ?

Alli répond après un long silence :

- Je regrette, je n'ai pas accès à cette information.

Au bout de quelques minutes de silence, l'Intelligence Artificielle me demande :

Je pousse un long soupir et jette un coup d'œil à mon transmetteur où l'hashtag « SlyDenverRésistante » est mentionné plus de quatre milliards de fois sur Canopy. Ne pouvant rien faire de plus, j'ouvre ma tablette et commence à réviser l'algèbre lorsqu'Alli m'interpelle :

- Aries, vous devriez consulter Canopy.

- Je n'ai pas le temps, répliqué-je en corrigeant un calcul, je travaille.

Mais l'intelligence artificielle déclenche la lecture automatique, et un écran hologramme apparaît devant mes yeux. Je ne peux que regarder, horrifiée, le spectacle qui se déroule devant mes yeux. Une photo tourne en boucle sur Canopy, où l'on voit très clairement Sly, gisant à terre avec l'hashtag : « SlyDenverSuicide ». Même si je ne l'affectionnais pas particulièrement, je ressens une pointe au cœur pour cette jeune fille que je connaissais depuis l'enfance.

- Vous n'avez plus à vous en faire ! déclare alors Alli. La terroriste est morte.

Chapitre 10

7h00

Une musique douce vient interrompre mon sommeil, et je me réveille en ouvrant doucement les paupières. Je me redresse sur mon matelas et m'étire comme un chat tout en baillant.

- Bonjour Aries, déclare Alli en arrêtant la musique. Puis-je vous préparer une tasse de café ?

J'acquiesce tout en m'habillant négligemment. Alors que je quitte ma chambre, j'aperçois soudain le livre de Phœnix sur mon bureau, servant de cale à une étagère. Je ne l'ai jamais ouvert - ni même regardé -, me contentant de lui trouver une fonction utile dans ma chambre. Je m'apprête à sortir, lorsque je fais finalement demi-tour et m'empare de l'ouvrage, alors que mon étagère s'effondre avec fracas, de nouveau sans appui...

Arrivée dans la cuisine, une tasse de café et une ration de pâte protéinée m'attendent sur le comptoir. Tout en mangeant, j'active l'hologramme sur mon transmetteur et regarde défiler les actualités. Sans surprise, l'arrestation et la mort de Sly font la une sur Canopy et les commentaires haineux déferlent sous des dizaines d'hashtags différents. En repensant aux événements de la veille, je suis soudain reprise d'une pointe au cœur. Les vidéos et les photos me coupent l'appétit et je quitte finalement mon appartement l'estomac presque vide.

*

- Les lois de la robotique, instaurées par Asimov au XXème siècle sont les suivantes : « Premièrement, un robot ne peut blesser un être humain, ni, par son inactivation, permettre qu'un humain soit blessé. »

Je lève les yeux au ciel, exaspérée par l'hypocrisie dont fait preuve Icares, l'un de mes camarades de classe.

- « Deuxièmement, un robot doit obéir aux ordres donnés par les êtres humains, sauf si de tels ordres sont en contradiction avec la Première Loi. »

Je me replonge dans la lecture du livre que m'a offert Phœnix il y a maintenant trois jours, beaucoup plus captivant. Je suis moi-même étonnamment surprise de voir à quel point cet ouvrage m'absorbe. Il y a quelque temps, ce bouquin servait encore de cale pour mon étagère.

- « Troisièmement, un robot doit protéger sa propre existence aussi longtemps qu'une telle protection n'est pas en contradiction avec la Première et/ou la Deuxième Loi. »

Alors que j'entame le chapitre sur l'évolution du style baroque dans la peinture, la voix stridente de Madame Fugler me fait sursauter, une fois de plus.

- Bravo Monsieur Bertley ! dit-elle, alors qu'Icares regagne sa place, cela fait plaisir de constater que l'un d'entre vous au moins connaît sa leçon !

Et sortez les violons ! Il ne semble jamais y avoir d'éloges trop beaux pour Icares, chez Madame Fugler. Je range rapidement mon livre avant que la furie ne l'aperçoive, mais celle-ci avait sûrement déjà prévu son plan d'attaque, car elle déclare :

- Mademoiselle Zomanof, pouvez-vous nous expliquer en quoi ces lois sont révolutionnaires pour leur époque ?

À cet instant, j'ai simplement envie de m'enfuir de Mars. Prendre la parole devant une vingtaine d'étudiants m'est plus difficile que de pénétrer dans une morgue illégalement… Ravalant mon anxiété, je commence à réciter ma leçon :

- Asimov était en avance sur son temps car il a entrevu le danger qu'engendreraient les robots, bien avant que nous parlions d'Intelligence Artificielle. Danger qui s'est révélé au XXIème siècle, quand le premier androïde libre qui avait reçu la nationalité Saoudienne, Sophia, a assassiné son créateur à coups de fils électriques.

Je repense soudain à Alli qui m'aurait sans aucun doute laissé mourir parce que je ne rentrais pas dans son protocole. Pour les robots, nous ne sommes que des lignes de codes, une suite de 0 et de 1, et cela m'effraie, d'autant plus que, sans eux, nous n'aurions jamais pu fouler le sol de Mars.

- C'est pour cela, continué-je, que Sophia a été définitivement débranchée et que des lois ont été mises en place pour contenir les Intelligences Artificielles.

Sans plus de remarques, Madame Fugler retourne à son bureau, visiblement surprise de mon intervention. Echec et mat ! Alors que je commence à me détendre de nouveau, une alarme retentit. Une voix résonne et répète les mêmes phrases :

- Avis à tous les habitants ! Code rouge ! Je répète : Code rouge ! Ceci n'est pas un exercice !

Dans le calme, nous nous levons et rejoignons la Grande Place ainsi que tous les résidents de la station. Une fois tous réunis au pied d'Amazonia, les portes blindées se referment et la voix du Gouverneur Blanc-Neuve retentit après un grésillement :

> - Mes chers citoyens ! Merci de votre coopération et de votre calme exemplaire. Il ne s'agit pas d'un exercice : Mars est actuellement frappé par une tempête qui brouille nos systèmes de communication. Pour votre sécurité, les transports et échanges interplanétaires ont été suspendus jusqu'à nouvel ordre. Merci de votre compréhension.

Des murmures parcourent l'assistance, alors que la voix du Gouverneur s'efface et que les portes s'ouvrent à nouveau. Nous regagnons notre salle de classe sans plus d'émoi. Depuis que je vis sur Mars, chaque année à cette période, la planète est frappée de tempêtes pouvant parfois durer des mois. Les émissaires en voyage d'affaires sont parfois restés piégés beaucoup plus longtemps qu'ils ne l'avaient prévu sur la planète rouge.

Personnellement, ces tempêtes m'ennuient, car il est difficile d'observer les étoiles, même à l'Observatoire.

*

L'heure du déjeuner arrive plus vite que je ne m'y attendais. Je retrouve Clark au réfectoire pour la première fois depuis notre conversation, quelques jours auparavant.

- Salut ma fleur des îles ! me dit-il alors que je m'assieds en face de lui.

- Salut. Tu ne traînes pas avec tes amis poètes ?

Clark me lance un regard malicieux.

- Je voulais d'abord te parler de deux ou trois petites choses...

Du doigt, le jeune homme désigne mon front où se trouve la cicatrice, pourtant presque entièrement invisible. Cependant, il a paru la remarquer dès qu'il m'a vue ! En quelques mots, je lui raconte ma mésaventure et le rôle qu'y a tenu Phœnix. Après un temps, Clark réplique :

- Et ton père ne s'est aperçu de rien ?

- Non, répliqué-je la boule au ventre il n'est presque jamais à la maison.

Nous continuons à manger, savourant ces quelques minutes de silence mutuel. Je montre alors à mon ami le livre de Phœnix, qu'il s'empresse de feuilleter, ébahi.

- C'est un magnifique exemplaire, souffle-t-il admiratif, combien tu me le vendrais ?

- Il n'est pas à vendre ! répliqué-je en lui arrachant

l'ouvrage des mains.

Clark sourit discrètement face à ma réaction. Je soupire tout en rangeant le précieux livre dans mon sac, comprenant le sous-entendu.

- Non ! lui dis-je avant qu'il ne prenne la parole, non tu n'y es pas du tout.

- Je n'ai rien dit ! se défend-il.

- Mais tu allais le faire !

Nous rions. Voilà bien des jours que nous n'avions pas ri de la sorte. Nous achevons ainsi notre repas, entre deux crises de rire, sans nous apercevoir de l'ombre qui nous guette.

*

17h30

Je retourne à mon appartement, littéralement épuisée. Alors que je m'apprête à déverrouiller la porte d'accès à la zone présidentielle, une voix résonne gravement dans mon dos.

- Mademoiselle Zomanof ?

Je me retourne, stupéfaite !

Devant moi se trouve un homme d'une quarantaine

d'années vêtu d'un costume sombre et d'une chemise blanche. Une vague de sueur froide me saisit en un instant. Et si Phil, l'assistant du docteur Erikson, avait fini par nous dénoncer ? Impossible : Stacy a accepté ce rencard en échange de cinquante unités, somme importante, mais toutefois assez raisonnable pour un peu de temps passé avec Phil.

- Elle-même ! réponds-je d'une voix faussement assurée.

- Oubliez votre amie Fridha et sa famille ! déclare alors l'homme d'une traite.

Alors qu'il tourne les talons et fait mine de partir, je l'interromps, complètement abasourdie par l'absurdité et la fugacité de sa réponse :

- Attendez !

Se retournant brusquement, il ajoute :

- Nous savons que vous êtes entrée clandestinement dans la morgue ! Si vous ne voulez pas avoir d'ennuis, n'en parlez à personne. Compris ?

- Êtes-vous en train de me menacer ? répliqué-je instantanément.

Le gorille se rapproche de moi, me soufflant son haleine mentholée en pleine figure, et murmure :

- Aries, vous sentez-vous bien ?

Je soupire en haussant les épaules.

- Ce n'est rien ! Une fille paranoïaque a tenté de nous faire croire que l'État Mondial était une dictature.

- C'est faux ! répond immédiatement Alli. Je suis programmée pour dire la vérité.

Je tends mes bras vers le plafond et m'étire en faisant craquer chaque vertèbre de mon dos.

- Qui était cette personne ? me demande finalement l'ordinateur.

J'hésite un moment avant de répondre. Alli n'a pas le droit de révéler des informations d'ordre privé, mais je m'assure tout de même que son accès est bien sécurisé.

- C'est Sly Denver ! finis-je par avouer.

Alli ne répond rien pendant quelques secondes. Soudain, un bip strident finit par retentir.

- Je me dois de vous signaler que Sly Denver a été arrêtée aujourd'hui pour appartenir à la Résistance. C'est une terroriste, Aries !

- Ce n'est pas une menace... c'est un conseil.

Sur ce, l'individu disparaît dans le couloir, noyé dans la marée humaine. Arrivée dans ma chambre, je m'étale sur mon lit, perplexe. Je laisse tomber les révisions pour ce soir : il faut que je contacte Clark au plus vite ! J'ai à peine le temps de sortir mon transmetteur que des coups retentissent à la porte. Je me dirige avec précaution vers l'entrée, armée encore une fois de ma lampe de chevet. Je m'apprête à questionner Alli lorsque la voix de Clark me parvient à travers la cloison :

- Aries ! crie-t-il, Aries ouvre !

Je me précipite vers la lourde porte blindée pour déverrouiller le mécanisme. À peine celle-ci s'ouvre-t-elle que Clark est déjà à l'intérieur, essoufflé.

- Aries, il s'est passé quelque chose.

Je referme vivement la porte, de peur que le gorille ne soit pas tout à fait parti. Je n'ai jamais vu Clark aussi nerveux.

- Un homme en costume noir est venu me voir alors que je faisais mes affaires dans le quartier sud. Il m'a dit qu'il fallait que...

Je l'interromps :

- Que tu oublies Fridha ?

Une vague d'angoisse me retourne l'estomac. Je raconte à Clark ma malencontreuse rencontre tandis qu'il semble de plus en plus agité.

- Aries, me dit-il au bout d'un moment, il a menacé de révéler mes activités à ma mère. Si on ajoute à cela l'infraction de la morgue, je risque la peine de mort !

Je fais un rapide calcul mental : Clark a depuis peu 18 ans, l'âge majeur légal. Quant à moi, je fête mon anniversaire dans quelques mois. Si nos crimes venaient à être reconnus officiellement, je serais enfermée dans un asile pour mineurs en attendant la mort, tandis que Clark serait condamné à la solution létale. Celui-ci a certainement dû faire le même calcul, car il fait les cent pas dans mon salon, tel un lion en cage.

- Qui sont ces gens ? lui demandé-je alors.

- Je n'en sais rien ! répond-il. Des résistants ! J'ai appris ce matin sur Canopy que l'une d'entre eux avait été arrêtée sur M-One en tentant de dérober des médicaments.

C'est étrange ! Deux résistants découverts sur M-One à quelques jours d'intervalle.

- Mais pourquoi la Résistance en personne viendrait-elle sur Mars menacer deux adolescents ? enchérit Clark. On a peut-être mis les pieds dans leurs affaires. Putain. Ils vont nous buter pour protéger leur cul !

Je ne le reconnais pas : le jeune homme est maintenant en train de trembler de tout son corps. Doucement, je lui prends la main et le fait asseoir sur le canapé.

- Calme-toi, lui dis-je, et réfléchissons. Respire profondément et fais fonctionner tes neurones.

Mes paroles ont l'air de faire leur effet : Clark ferme les yeux et semble moins agité, l'espace de quelques secondes. Quand il les ouvre de nouveau, je retrouve enfin le regard malicieux de mon ami.

- Essayons de rassembler les pièces du puzzle, me dit-il. Quel est le lien entre la soudaine démission du gouverneur Zendya, l'assassinat de Lalie et la Résistance ?

- Il nous manque des cartes, déclaré-je après un temps, mais on ne peut pas prendre le risque de continuer à enquêter nous-mêmes. Si la Résistance a été capable d'assassiner Lalie, elle n'aura aucun mal à nous faire disparaître, nous aussi.

- Si la Résistance est derrière le départ du Gouverneur Zendya, m'interrompt-il, alors le Gouverneur Blanc-Neuve est peut-être impliqué ! On ne peut donc pas lui faire confiance !

-Mais, de toute façon, demander une protection au gouvernement reviendrait à admettre nos crimes. En somme, nous sommes piégés.

Clark me regarde, dubitatif.

- Qu'est-ce que tu proposes ? s'enquiert-il face à ma mine embarrassée.

- Eh bien, Phœnix...

Clark se lève d'un bond, un doigt accusateur pointé dans ma direction.

- Non, Aries ! On en a déjà discuté : tu ne sais pas dans quel camp il est ! C'est peut-être le toutou à son papa, même s'il te fait croire le contraire ! Et si Phœnix est bel et bien un résistant, tu seras découverte. Non, tu ne peux pas prendre un tel risque !

- Et prendre le risque de te voir mourir, ça aussi je ne dois pas le faire comme ça me chante ? rétorqué-je violemment.

Le silence retombe dans la pièce, laissant une épaisse brume s'installer entre nous.

- Je ne peux pas te perdre toi aussi, déclaré-je, alors qu'une gêne s'installe.

Une larme roule le long de la joue de Clark et vient tomber sur la moquette du tapis, qui s'empresse de l'avaler comme un monstre assoiffé. Jamais encore je n'avais osé exprimer mon amitié pour ce garçon. Cela me fait un grand choc, de voir l'état dans lequel cette déclaration le met. Il est certaines choses que l'on garde sous silence mais qui, pourtant, ont toujours été là. Clark et moi sommes pareils : deux êtres solitaires et indépendants, trop fiers, l'un comme l'autre, pour confesser nos sentiments. Comme le silence cache le tumulte de la mer, nos carapaces dissimulent ce trop-plein d'émotions qui menacent de nous submerger à tout moment. Nous n'avons plus besoin de parler, tout a été dit. Dans le calme douloureusement paisible de la pièce, Clark déclare soudain :

- Je connais quelqu'un qui me dira quel poison a été fatal à Lalie, dit-il en sortant de sa veste le prélèvement salivaire exercé sur la défunte. C'est la seule piste que nous ayons.

Sans dire un mot de plus, Clark m'étreint rapidement avant de se précipiter dans le couloir, me laissant seule encore une fois. À peine la porte claque-t-elle derrière lui que mon transmetteur émet une sonnerie.

« Appel entrant de maman ».

Une boule d'anxiété se forme dans ma gorge. Je ne peux pas lui parler des récents événements via un écran électronique. Qui plus est, je n'ai aucune preuve concrète concernant chacun d'entre eux. Résolue, j'accepte l'appel, l'air de rien.

Il y a quelques jours encore, j'étais une étudiante comme les autres, qui avait comme seule préoccupation ses examens de fin d'année.

Aujourd'hui, je crains pour ma vie et celle des personnes que j'aime. Je ne sais même plus comment ni quand tout cela a commencé. Après avoir avalé un « express » et un somnifère, je prends une rapide douche et m'endors immédiatement d'un sommeil artificiel.

Chapitre 11

- Bien ! enchérit sans discontinuer Monsieur Ezposito. Savez-vous maintenant comment les éléphants d'Afrique ont été retirés de la liste des espèces en voie de disparition ?

Si le cours continue avec cette monotonie, c'est mon cerveau qui va bientôt être en voie de disparition ! pensé-je. Voilà plus d'une heure et demie que le professeur de Sciences de la Vie et de la Terre - matière dans laquelle je m'évanouis chaque année dès qu'il s'agit d'ouvrir en deux une pauvre souris - nous expose des faits sans queue ni tête. Et c'est sur cet amas de notes griffonnées dans le coin de notre écran tactile, à côté de dessins en bâtonnets puérils, que le professeur fait reposer son cours.

- Personne ? répond encore une fois pour lui-même Monsieur Ezposito. Sachez qu'au XXIème siècle, les éléphants d'Afrique étaient en proie à une extinction massive, convoités pour leur ivoire, jusqu'au jour où deux brillants scientifiques permirent d'accélérer le processus de gestation d'une éléphante, passant ainsi de vingt-deux mois à seulement quelques semaines ! Cela permit d'inverser la courbe démographique de cette majestueuse espèce. Toutefois, ces « éléphanteaux-éprouvettes » nécessitaient...

Une sonnerie stridente retentit, coupant court aux explications du professeur. Sauvés par le gong ! En moins de deux minutes, l'ensemble des élèves a quitté la salle, laissant Monsieur Ezposito finir son monologue.

Une fois dans le couloir, je m'étire de tout mon long, faisant au passage craquer quelques vertèbres de ma colonne vertébrale : il était temps que le cours se termine… Traînant des pieds, je rejoins la classe d'astronomie, où un examen sur la physique quantique m'attend. Alors que je m'enfonce parmi la foule des étudiants, je ne peux m'empêcher de jeter des coups d'œil par-dessus mon épaule afin de m'assurer que je ne suis pas suivie… Une habitude qui, depuis l'altercation avec l'homme en noir, est devenue systématique. C'est lorsque je me retourne encore une fois, que je croise le regard pétillant de Phœnix. Celui-ci me dévisage de la tête aux pieds, toujours de son air joyeux. Après une série de signes incompréhensibles qui lui donnent l'air d'un primate, je comprends finalement la signification de son doigt pointé alternativement sur sa montre et sur son ventre : le jeune homme me propose de déjeuner avec lui ! Prise d'un sourire, je hoche lentement la tête. Tant pis pour la morale de Clark : je vais à la chasse.

*

- C'est tout de même paradoxal ! argumente Phœnix en mâchonnant un bout de pâte protéinée blanchâtre, L'Humanité représente seulement 0,01% de la biomasse terrestre, pourtant elle est la cause de sa destruction !

Je le considère avec attention. Sous ses cheveux noirs en bataille, à la place des yeux se cachent deux pépites de la couleur de l'océan, respirant la lucidité. Il est assez curieux de constater à quel point une personne vous ramène à ce qu'il y a de plus essentiel : la beauté dans sa simplicité.

- Aries, tu m'écoutes ? s'exclame alors le jeune homme.

- Le paradoxe de l'humanité… oui, je te suis, répliqué-je distraitement.

C'est absolument faux ! Je suis maintenant absorbée par ses mains. À la fois longues et fines, elles témoignent du contact avec les travaux manuels, couronnées toutefois par de petits ongles blancs, brillants comme du cristal. Je me trouve stupide de m'attarder ainsi sur de petits détails, à la manière de Flaubert.

- Bien, entends-je Phœnix murmurer, et qu'est-ce que

tu en penses ?

Prise au piège ! Je ne sais même pas de quoi il parlait ! Sans réfléchir je réponds :

- Je pense que tu devrais m'aider à faire mon devoir de littérature. Je suis très limitée quand il s'agit d'une dissertation.

Après un bref silence, le jeune homme s'étire comme un chat en répondant :

- Le devoir m'appelle…

Je souris, satisfaite. Cela me fait du bien de me déconnecter de la réalité pour quelques instants, d'oublier tous les fardeaux qui pèsent sur mes épaules. Mais, moi aussi, le devoir m'appelle.

- En parlant de devoir, dis-je à Phœnix, depuis combien de temps ton père est-il dans la politique ?

Le jeune homme paraît surpris, et je crains un instant d'y être allée trop brusquement. Il faut dire que je n'ai pas le tact de Clark, ce qui n'est peut-être pas une si mauvaise chose, en fin de compte.

- Pourquoi cette question ? me demande-t-il.

Alors, j'improvise un peu :

- C'est que je ne connais presque rien à propos de mes nouveaux voisins, depuis votre arrivée sur M-One...

Cependant, même si je me suis bien rattrapée, Phœnix se renferme instantanément.

- Il n'y a rien à dire ! répond le jeune homme. C'est un homme fier de ses principes et qui serait prêt à faire n'importe quoi pour son travail. Y compris perdre sa femme et ses deux enfants.

Un silence embarrassant s'installe entre nous. Phœnix est visiblement mal à l'aise d'en avoir révélé autant, et quant à moi, je ne sais plus où me mettre. Finalement, je rétorque dans un murmure :

- Oui. Je sais ce que ça fait d'avoir un père qui brille par son absence.

Nous nous regardons. Dans ses yeux, je lis la même souffrance, la même solitude, la même impuissance… Deux pères, brillants et impliqués dans leur fonction. Deux pères qui sont pourtant absents. Nous finissons notre repas silencieusement, d'un accord mutuel. Cet interrogatoire a clairement dévié de son but initial, mais j'en ressors apaisée et différente. Sans que je m'en aperçoive, il est déjà l'heure de retourner travailler sur la classification de Darwin.

*

Le soir même, alors que je raccompagne Phœnix à son appartement après les cours, un officier du courrier interplanétaire nous interpelle :

- Trois courriers pour Mademoiselle Zomanof, me dit-il d'un ton froid et formel en me tendant une liasse de papiers électroniques que je fourre dans mon sac.

Qui peut bien m'écrire autant ?

- Monsieur Blanc-Neuve, dit finalement l'officier en se tournant vers Phœnix, nous avons déposé votre colis chez vous, par précaution.

Soudain, le jeune homme s'exclame joyeusement :

- Le colis ? Il est arrivé ?

À ma grande surprise, Phœnix, jusque-là calme et maître de lui-même, sautille joyeusement sur place comme un enfant.

- Aries, me dit-il avec une excitation à peine dissimulée, il faut que je te montre quelque chose !

Suspicieuse, je le suis dans son appartement. Une fois dans l'entrée, je ne peux m'empêcher d'avoir une boule au ventre en (re)découvrant l'appartement de Fridha qui, excepté les murs, a totalement changé. La douceur des tapisseries indiennes de sa mère a été remplacée par des sculptures métalliques aux contours tranchants et rectilignes. Toute la pièce a une allure impersonnelle, presque vide, comme une chambre d'hôpital de luxe. Si Christian Dior avait été spartiate, il aurait sûrement vécu ainsi. J'emboîte le pas au jeune homme jusqu'au salon, où le blanc s'impose royalement, comme la neige au sommet du Mont-Blanc. Ah, j'oubliais : il ne reste qu'un tas de terre, là où se tenait cette montagne, détruite lors de la guerre nucléaire... Toujours souriant, Phœnix attrape une boîte de transport interplanétaire reconnaissable à sa structure faite de coussins d'air pressurisé qui assurent la sécurité de l'objet. Ce genre de livraison coûte une petite fortune, et est souvent réservé aux classes présidentielles. Ma curiosité est à son comble.

- Ceci, me dit Phœnix, est le Saint Graal du passé ! Un vestige inouï, à manipuler avec une extrême prudence. Il n'en reste qu'une dizaine d'exemplaires dans le système solaire, et la moitié sont dans des musées gouvernementaux !

Avec mille précautions, Phœnix déverrouille le mécanisme de sécurité. Il pousse soudain un cri d'exclamation, les yeux pétillants, tel un parent à la naissance de son enfant ! Je m'approche, haletante. Mais quelle déception lorsque je découvre un simple vinyle. Je m'attendais plutôt à une merveille scientifique, comme un os de dinosaure, ou un fragment de météorite. Je fais part de mes remarques à Phœnix, qui me dévisage longuement.

- Ceci, ma chère, est un vinyle authentique, et non pas l'une de ces copies synthétiques qu'ils fabriquent pour les nostalgiques du XXème siècle. Non ! Ceci est la complicité parfaite entre deux figures du jazz, qui font l'amour en chanson.

Je ne peux m'empêcher de faire une moue sceptique.

- Ecoute plutôt, me dit le jeune homme en remarquant mon air. Après quoi tu pourras toujours essayer de me dire que c'est un simple vinyle !

Phœnix déballe avec mille précautions le film protecteur, laissant apparaître la pochette de l'album *Together* d'Ella Fitzgerald et Louis Armstrong. Après en avoir extrait le précieux vinyle, le jeune homme le place sur un juke-box que je n'avais pas remarqué, tant sa blancheur se fond avec le reste de la pièce. Après un léger grésillement, la musique débute, lente mais sûre d'elle. La voix de la chanteuse glisse alors, langoureuse comme une liqueur, ouvrant la voie à la trompette, plus cinglante. Malgré moi, je bouge légèrement au rythme charmeur de la musique. Phœnix semble s'en apercevoir car il sourit à pleines dents.

- Quel est le prix de cette chanson ? m'enquis-je.

Phœnix soutient mon regard et s'écrie instantanément :

- Inestimable ! *They can't take that away from me* reste

pour moi leur meilleur duo !

- Et… concrètement ? renchéris-je, non convaincue.

Cette fois-ci, le jeune homme hésite un moment avant de répondre :

- Mille cent cinquante-trois unités, exactement.

- Autant ? m'exclamé-je avec un sursaut de surprise. À ce prix, tu pourrais t'acheter un télescope intergalactique !

- À quoi me servirait un télescope intergalactique, si je ne sais pas dans quelle direction le pointer ? rétorque le jeune homme.

Touchée ! C'est à mon tour d'afficher un air embarrassé. Pour combler le silence, je rétorque :

- À ce prix-là, il faut bien l'amortir, ce vinyle !

Joignant le geste à la parole, j'entraîne le jeune homme dans une danse rythmée qui nous fait tourner la tête. Nous virevoltons en rythme, tandis que la cadence s'accélère dans une ultime ligne droite. Alors, le ton se fait plus lent, tandis que la voix soul d'Ella s'apaise, et que Louis fait résonner ses dernières notes. La mélodie se termine avec un léger grésillement. Nous restons là, dans les bras l'un de l'autre, comme figés par le temps. Le silence se creuse, menaçant de nous engloutir avec lui.

Il est l'heure pour moi de partir. Après un sourire, je quitte l'appartement de Phœnix sans plus de civilités.

*

À peine remise de mes émotions, je me précipite dans ma chambre pour ouvrir avec impatience les lettres électroniques livrées un peu plus tôt par l'agent. Sans grande surprise, je découvre une carte postale virtuelle envoyée par ma mère, de l'Observatoire de Mauna Kea, situé sur l'Archipel d'Hawaï, qui possède l'un des plus grands télescopes au monde, là où se déroulent actuellement ses conférences. Quelques mots d'amour sont griffonnés au dos de la carte, dans une série de codes scientifiques dont ma mère et moi sommes les seules à connaître la signification... Elle n'a toujours pas l'air suspicieuse de l'infidélité de son mari, car un petit mot est également adressé à mon père.

Le cœur gros, j'active la deuxième lettre numérique. Il s'agit d'une lettre envoyée par ma petite cousine Charlotte, fraîchement débarquée sur la station de Saturne où elle prétend faire du skate sur les anneaux de la planète. Saturne est une planète fascinante, dont les six anneaux gravitant autour peuvent s'étendre sur plus de 75.000 kilomètres de long. La planète est également populaire pour ses divers satellites, dont le principal, Titan, fait l'objet d'étranges pluies de méthane et d'éthane, comme s'il pleuvait de l'essence. Pauvre petite Charlotte ! Si seulement elle savait que les anneaux de Saturne sont composés de débris lunaires et de particules de glace, alors elle pourrait soigner sa mythomanie.

En revanche, la troisième lettre électronique attire instantanément mon attention. Sans nom d'expéditeur, avec une simple adresse de retour située sur Terre, je pense tout d'abord à une erreur. Je l'ouvre tout de même, m'attendant à découvrir une vieille lettre d'amour ou un relevé d'impôts, mais au contraire, je me fige de surprise. Il s'agit de l'écriture de Fridha !

« Aries, excuse-moi de ne pas t'avoir écrit plus tôt, mais tout s'est passé très vite ! Entre le déménagement et l'emménagement, je n'ai pas vu le temps passer ! Et par-dessus tout, il a fallu que je m'occupe de Tyron pendant que mes parents s'occupaient des affaires officielles... l'horreur ! Je n'arrive pas à croire que ce gnome soit mon frère. Je suis sur Terre - au cas où tu ne l'aurais pas remarqué - dans une vieille ferme au plus profond de la campagne suédoise. C'est plutôt cool, mais le réseau est instable : inutile d'essayer de me contacter ! Comment va Clark ? J'espère que tu me répondras très vite !

Fridha. »

Voilà. C'est tout. Quelques mots noirs sur une page blanche, et mon cœur saigne de plus belle ! Je pleure… Mais cette fois-ci, ce sont des larmes de soulagement. Des questions me torturent toujours l'esprit, certes, mais au moins, je sais que Fridha est en vie et en sécurité. De bonheur, je serre la lettre contre mon cœur, tout en appelant Clark via mon transmetteur. Après quelques sonneries, le visage de mon ami apparaît, les traits tirés et les yeux rougis.

- Salut ma belle, me lance-t-il d'une voix lointaine.

Quelque chose ne va pas, cela saute aux yeux, mais, quand je lui pose la question, Clark détourne le regard.

- Simple fumette, répond-il simplement.

Je sais qu'il me ment. Je plonge mon regard dans le sien et l'encourage d'un signe de tête. Clark pousse un long soupir et finit par céder.

- C'est Bill, me répondit-il après un temps. Il a été exilé sur Terre à cause de son permis de travail qui n'était plus viable.

Je fronce les sourcils, suspicieuse :

- Mais, m'exclamé-je, il suffit de le renouveler ! Pourquoi l'expulser si promptement ?

Clark lève sur moi un regard moqueur :

- Tu ne comprends pas ? C'est un coup monté ! Ma mère a sûrement découvert notre relation.

Je ne saisis pas bien le raisonnement de mon ami : quel

Je reste ébahie de la maturité littéraire de celui-ci et de sa puissance poétique. Inspirée, je termine ma dissertation avec des dizaines d'idées qui me fusent dans la tête.

*

Un bruit sourd me réveille en sursaut dans mon lit. Je regarde l'heure sur mon transmetteur : 3h00. Alors que je m'apprête à me recoucher, un autre bruit sourd retentit dans l'appartement.

- Alli, chuchoté-je, quel est ce bruit ?
- Je suis désolé Mademoiselle, mais je ne suis pas autorisé à vous répondre.

Voilà qui est étrange ! Inquiète, je me lève et me dirige vers le salon d'où le bruit semble parvenir. Pourtant, lorsque les néons crachent leur lumière blafarde, je ne découvre rien d'inhabituel.

Boum !

Un troisième bruit retentit, mais cette fois-ci, il semble provenir du couloir. Avec mille précautions, j'entrouvre la porte d'entrée.

Le calme de l'appartement fait place à la panique qui règne dans le corridor. Tous les résidents du quartier présidentiel sont devant leurs portes, ou, comme moi, épient avec curiosité. Soudain, des cris retentissent. Des cris de détresse.

intérêt Madame Parrisson aurait-elle à renvoyer Bill Funsen sur Terre ? Le jeune homme devine sûrement mes pensées, car il ajoute :

- Ma mère ne conçoit pas que l'on puisse aimer un être du même sexe que soi. J'ai mis du temps avant de trouver ma place dans ce monde, avant de quitter ce masque que je portais tous les jours. Mais il faut croire que ce n'est pas du goût de tout le monde. Même de mes proches.

Ce raisonnement me paraît un peu rapide, sachant que, grâce aux grandes manifestations du XXIème siècle, les propos et les actes homophobes et xénophobes sont lourdement sanctionnés par l'État Mondial, et considérés comme des troubles à la vie publique. Que la mère de Clark puisse penser d'une telle manière me surprend beaucoup. Mais après tout, tout le monde n'a pas la chance d'avoir des parents aussi ouverts d'esprit que les miens. Soudain, Clark fronce les sourcils en apercevant la lettre de Fridha, toujours serrée contre ma poitrine. Alors que je lui résume la situation, le jeune homme semble retrouver un semblant de paix, comme si le feu ardent qui le consumait s'essouffle légèrement.

- Ainsi, tout semble rentrer dans l'ordre ! constate Clark.

Il ne s'était jamais autant trompé.

Chapitre 12

Le lendemain soir, trois petits coups secs retentissent à ma porte. Sur mes ordres, Alli laisse Phœnix entrer dans ma chambre, tout sourire, portant avec lui une pile de livres numériques.

- Pour écrire une bonne dissertation, me dit-il, il te faut de bons exemples, c'est la base. Je suis allé faire quelques emprunts à la bibliothèque.

Encore un privilège, pensé-je, qui est exclusivement réservé aux résidents de l'aile présidentielle. Cette mesure est une manière de creuser encore plus les inégalités sociales de la station. Comme quoi le monde n'a jamais totalement changé, malgré le Nouvel Ordre Mondial ! Voilà pourquoi je n'emprunte jamais rien à la bibliothèque, même si je sais, au fond de moi, que ma résistance est comparable à un coup d'épée dans l'eau.

Assis en tailleur sur mon lit, nous discutons rapidement du sujet de mon devoir : « Quels sont les enjeux de la poésie ? ». Pour moi, je le reconnais, cela ne m'inspire rien du tout ! Mon esprit est trop étriqué, trop méthodique pour concevoir de telles questions existentielles. Mais Phœnix, lui, a l'air très animé par cette problématique. Face à ma moue sceptique, il me demande :

- Qu'en penses-tu ?

Je me contente de hausser les épaules, lasse.

- Je n'en ai aucune idée ! répliqué-je après un temps.

- Ton cœur sait déjà ce que ta tête ignore, répond distraitement le jeune homme.

Je me mets alors sérieusement à réfléchir. Cela ne doit pourtant pas être plus compliqué que la génétique ou la programmation robotique ! Avec un peu de logique, je devrais arriver à quelque chose ! Phœnix me demande alors :

- Qu'est-ce que la vie, Aries ?

Sentant le piège venir, je mets un temps avant de répondre :

- La vie n'est pas forcément terrestre, comme nous la connaissons. Par exemple, les bactéries dites « anaérobies » vivent sans dioxygène, mais ont besoin d'eau et d'une température ambiante pour perdurer.

Elles représentent une source de vie car...

Je m'interromps brusquement lorsque Phœnix pousse un bâillement exagérément théâtralisé.

- Je ne te demande pas ce qu'est la vie scientifiquement parlant ! Je te demande ton avis personnel, sans mathématiques ni biologie !

Alors je me creuse la tête. À vrai dire, je n'y avais jamais vraiment pensé auparavant, me contentant de respirer, un jour après l'autre. Clark aurait sûrement ri. Finalement, après un effort surhumain, je balbutie :

- Trouver sa voie, accomplir son destin et se rendre utile au plus grand nombre.

- Ah ah ! s'exclame Phœnix d'un air triomphant. C'est exactement là où je voulais en venir : où se trouvent le rêve, le plaisir ou la joie ?

Le jeune homme laisse planer ses paroles un instant avant d'ajouter :

- Pour moi, il n'y a pas de destin ! Seulement des possibilités ancrées dans l'espace-temps ! Or, ce sont les petites actions quotidiennes qui déterminent ces possibilités. Change l'une de ces possibilités, et tu obtiens de nouvelles opportunités pour l'avenir.

Je fronce les sourcils. Bien que comprenant où Phœnix veut en venir, je ne partage pas son avis.

- Ce que je veux dire, continue le jeune homme, c'est que ce sont ces petites actions qui déterminent qui tu es vraiment, et non un destin préalablement écrit. Pour la poésie, c'est la même chose : ce n'est pas une question d'algorithme qui fonctionne à tous les coups, mais un pur mélange de sensualité et d'émotions personnelles.

Je reste bouche bée. En quelques secondes, Phœnix vient me démontrer que la poésie est vitale d'une manière singulière. Ainsi, après avoir griffonné quelques notes sur mon écran tactile, la discussion prend une toute autre allure, quand le jeune homme pointe du doigt le livre d'Art qui dépasse de ma besace.

- Il ranime mes cours d'histoire ! lui dis-je alors.

Le jeune homme se contente de sourire en retour. Quand je le vois ainsi, je ne peux m'empêcher d'avoir une pointe de culpabilité : il ne représente un intérêt que pour mon enquête ! Une partie de moi est enfermée, étouffée dans cette cage que je m'efforce de construire depuis des années. Or, je le sens, le verre devient lourd à supporter…

- Moi aussi je m'ennuie en classe, déclare soudainement le jeune homme, alors j'écris des poèmes.

- C'est vrai ? Tu peux m'en lire un ?

Écouter me permettra de ne plus me focaliser sur ces yeux d'acier qui me mettent mal-à-l'aise.

- C'est une réécriture de *Roméo et Juliette*, de Shakespeare, dit alors Phœnix. Dis-moi honnêtement ce que tu en penses.

Sans plus de cérémonie, celui-ci clame donc d'une voix claire :

« D'un éclair parcourant notre échine,

Nos yeux trouvèrent refuge dans l'autre.

Douce mélodie de l'impériale machine,

Cupidon nous frappa de ses infaillibles apôtres.

Nos âmes reliées au fil d'or sont notre faiblesse,

Touchés d'une même flèche, nos cœurs battent de la même ivresse.

Poignardées par les douces épines de l'Amour,

Nos mains se lient dans l'obscure clarté du petit jour ».

Dès les premiers vers, je me rends compte que cela n'a absolument rien à voir avec les poèmes bricolés de Clark, destinés à nous faire rire, Fridha et moi.

« Ô enivrante liqueur,

Ô poison fatal,

Fracassant chaos des cloches létales,

Qui t'aurait cru si destructeur ?

De nos cris déchirés sont nées nos larmes consumées.

Telle une douce mélodie au chant funèbre,

L'amer parfum de nos cendres dispersées

S'efface dans l'antre des scintillantes ténèbres ».

Les mots m'atteignent en plein cœur. Je ne comprends pas pourquoi ces quelques vers ont un tel effet sur moi, mais ils me parlent.

« Âcres sont nos noces funestes,

De chagrin sont nos larmes célestes.

La cérémonie des pétales nuptiales,

S'est muée en fleurs tombales ».

Phœnix relève les yeux vers moi, à la fois surpris et visiblement touché d'un tel émoi.

- C'est un peu à l'eau de rose, dit simplement le jeune homme.

Des cris de femme. Madame Parrisson ! Sans réfléchir, je m'élance en direction de l'appartement de Clark.

À quelques mètres de là, je suis arrêtée dans ma course par le même gorille en costume noir qui nous a menacés quelques jours plus tôt. Que vient faire la Résistance dans cette histoire ? Il me vient alors une autre idée effroyable... mais je n'ai pas le temps de m'y arrêter, lorsque d'autres gardes font irruption avec un bélier. Il est inutile de lutter face à une telle masse musculaire ! Je suis donc obligée de regarder, impuissante, le spectacle tragique qui se déroule sous mes yeux.

Après quatre coups de bélier, les gorilles défoncent finalement la porte de l'appartement des Parrisson. Lorsque celle-ci retombe dans le couloir, j'aperçois Andrea qui se tient entre eux, et Clark, un couteau à la main, vêtu simplement d'une chemise de nuit en soie blanche.

> - Vous n'avez pas le droit ! C'est mon enfant ! C'est mon enfant ! crie-t-elle sans discontinuer, je suis la Ministre de...

Sans ménagement, l'un des hommes l'écarte de son chemin comme un vulgaire obstacle, et saisit Clark par le bras. À mon plus grand étonnement, celui-ci se laisse entraîner, menottes aux poignets, sans résister. Il s'arrête cependant près de sa mère et la prend dans ses bras en lui chuchotant des mots inaudibles. Cela semble la calmer instantanément, et des larmes roulent maintenant le long de ses joues. Le silence s'instaure soudain dans le couloir où seul le battement de mon cœur acharné me parvient aux oreilles.

Alors Clark est emmené. Avant de disparaître dans la marée humaine, nos regards se croisent dans une longue plainte de détresse et de souffrance. Clark esquisse un léger sourire, mais ses mains tremblent malgré elles, alors qu'il se dirige vers sa fin prochaine.

Chapitre 13

Je me tiens devant l'énorme porte métallique du Centre Pénitentiaire, chancelante. Cela fait maintenant deux jours que mon ami Clark Parrisson a été amené ici de façon brutale. Une sonnerie stridente retentit, alors que je me présente aux deux gardes armés. Après une série de vérifications rétiniennes, digitales et vocales, on me laisse finalement pénétrer dans l'enceinte. Je m'avance au sein d'un long couloir blanc, avant d'être de nouveau arrêtée par un poste de gardes qui s'empresse de fouiller chaque centimètre carré de mon corps. La sonnerie stridente retentit encore une fois, alors que la porte grillagée s'ouvre. Enfin !

Un gros monsieur à l'allure nonchalante me conduit vers une rangée de cellules.

- Vous avez cinq minutes ! me dit-il d'un ton bourru

alors qu'il déverrouille la porte avec son badge.

- Merci, dis-je automatiquement.

Seul un grognement inhumain me parvient en retour. Quand je pénètre dans la cellule, je découvre Clark assis en tailleur dans un coin de la pièce. Ce n'est clairement pas le grand confort, dans cette minuscule pièce métallique d'à peine quatre mètres carrés, meublée seulement d'un lit de camp en fer et d'un sanitaire. Aucune fenêtre, aucun trou dans les parois ne lui permettent d'apercevoir la lumière naturelle, la pièce étant seulement éclairée par une rangée d'ampoules LED qui crachent leurs rayons incisifs au-dessus de nos têtes.

- Un peu tard pour ouvrir ses chakras, lui lancé-je en tentant de dissimuler le tremblement de ma voix.

À ces mots, Clark ouvre subitement les yeux et se lève d'un bond. Il a l'air d'avoir maigri et ses habits blancs le font ressembler à un fantôme. Nous nous étreignons, sans retenir les quelques larmes qui coulent sur nos visages.

- Salut Princesse, dit finalement Clark en me lâchant, quoi de neuf ?

Je ne peux m'empêcher d'avoir un petit rire nerveux. Même en prison, il n'a pas changé !

- Il paraît qu'ils ont trouvé de quoi t'enfermer pour un

moment ! dis-je après un temps. Tu es une vraie célébrité sur Canopy. L'hashtag « LeFournisseur-Démasqué » fait fureur.

Mon ami me dévisage longuement, l'air compatissant.

- Aries, commence-t-il d'une voix sourde, on sait tous les deux quelle sera ma peine.

- Non ! m'écrié-je en reculant. Non ! Il doit y avoir un moyen, quelque chose que l'on puisse faire…

Alors que je débite ces paroles d'une traite, Clark me saisit les épaules, l'air résolu.

- Aries, chuchote-t-il.

- Non ! J'en parlerai à Phœnix. Il saura sûrement quoi faire, et...

- Aries ! s'exclame-t-il plus fort en m'interrompant. Il n'y a rien que tu puisses faire.

Je considère mon ami un moment, avant de fermer les yeux, en proie à la nausée. Le désespoir a un goût âcre et écœurant. Après un moment de silence, le jeune homme déclare gravement :

- Écoute-moi. C'est important.

Relevant les paupières, je m'écarte légèrement pour fixer ses grands yeux azur d'un air résolu.

- Avant d'être arrêté, l'un de mes indics m'a contacté, commence alors le jeune homme.

Je mets un temps avant de comprendre de quoi il s'agit. Puis, je me rappelle de la drogue prélevée sur Lalie. Clark continue en murmurant :

- Il a identifié la substance qui a été fatale à la jeune femme. C'est du cyanure.

Les mots glissent dans ma tête sans pourtant s'y accrocher. J'ai le désagréable sentiment de ne pas être maître de mes moyens, comme sous l'emprise d'une drogue. Le cyanure n'est plus utilisé depuis plusieurs siècles ! Même dans les films hollywoodiens, cela fait vieux jeu... Les légistes ont dû passer à côté, car ils n'ont jamais eu de cas similaire auparavant.

- Aries, répète Clark en me prenant par les épaules, tu avais raison ! Il se trame quelque chose dans la station, quelque chose de si important que la Résistance est prête à condamner un jeune adulte pour couvrir ses traces. C'est eux qui ont commandé l'exil de Bill, pas ma mère ! M'isoler était la première étape. Maintenant, ils vont me tuer. Mais il restera encore un dernier obstacle. Le cyanure, c'est leur signature. Quoiqu'on ait trouvé, ils sont prêts à nous tuer. Ne te fie pas aux Blanc-Neuve, Aries, ne te fie pas à Phœnix. Il n'est peut-être qu'un pion sur l'échiquier.

L'état d'engourdissement dans lequel je baigne commence à se dissiper, quand je comprends où Clark veut en venir.

- Ils vont s'en prendre à toi, déclare-t-il alors. Dès que tu auras dix-huit ans, comme moi, ils t'isoleront et ils t'exécuteront. Tu dois t'enfuir, partir loin de Mars ! Tu dois tout quitter avant qu'il ne soit trop tard.

Inéluctablement, mes mains tremblent. Mais Clark ne semble pas en avoir terminé, car il déclare :

- Je crains que ce soient eux qui t'aient envoyé la lettre de Fridha.

Une peur sans nom, pire même, une panique totale s'empare de moi, alors que le geôlier réapparaît dans la cellule. Ô cruel temps qui nous file entre les doigts ! Je serre Clark dans mes bras, consciente que c'est probablement la dernière fois que je le vois.

- Tu es mon meilleur ami, finis-je par dire. Et je te ferai sortir de là ! Je te le promets.

Sans ménagement, le petit homme bourru nous écarte l'un de l'autre et m'entraîne dans le couloir. Avant que la cellule ne se referme sur lui, Clark m'adresse un petit sourire confiant : il compte sur moi ! Alors que je retourne sur la Cinquième Avenue grouillante de monde, je tombe nez à nez avec Madame Parrisson. Les traits tirés, le teint blafard, elle a l'air de ne pas avoir dormi depuis plusieurs jours. Quand elle m'aperçoit à son tour, elle me sourit à peine.

- Bonjour Aries ! déclare-t-elle d'une voix presque éteinte.

- Bonjour Madame Parrisson. Vous tenez le coup ?

Celle-ci lève sur moi des yeux humides.

- Je t'ai déjà dit de m'appeler Andrea ! dit-elle d'une voix faussement enjouée avant de s'avancer vers le poste de la garde.

Jamais je n'avais vu une femme, une mère, souffrir autant ! Dans ma tête, tout se mélange : le visage pâle de Lalie, la lettre de Fridha, le sourire confiant de Clark, les yeux rougis d'Andrea. Je suis maintenant sûre d'une chose : je ferai tout pour empêcher l'exécution de mon ami. Je pars donc en direction des quartiers présidentiels, résolue !

*

Phœnix ouvre finalement la porte de son appartement, après mon tambourinage. Les cheveux et le torse encore humides, une serviette autour de la taille, le jeune homme se tient devant moi, l'air surpris. Je tombe visiblement mal.

- Aries ? me demande-t-il. Tu n'es pas censée être en cours aujourd'hui ?

n'a pas l'air d'avoir trouvé le repos lui non plus. Prise de nausée, je traverse la foule rapidement pour regagner mon appartement. Mais, à quelques mètres du couloir, je suis subitement arrêtée par un garde.

- La cérémonie n'est pas encore terminée, me dit-il, faites demi-tour.

Alors que je m'apprête à passer en force, mon père apparaît subitement dans mon champ de vision.

- C'est bon, soldat ! ordonne-t-il. Repos !

À contrecœur, le garde nous laisse passer. Mon père me prend délicatement le bras, mais je le retire instantanément en m'écriant :

- Ne me touche pas !

Je cours alors jusqu'à ma chambre où je me laisse tomber sur mon lit, épuisée. Je pleure en silence tout au long de la soirée.

Clark est mort. Et je ne peux rien y changer.

- Ça fait bien longtemps que je ne me soucie plus des cours, répliqué-je en pénétrant en trombe dans l'appartement.

Phœnix s'éclipse quelques instants afin d'enfiler un T-shirt et un pantalon, pendant que je tourne en rond dans son salon comme un lion en cage. Quand il réapparaît, sa voix se fait plus douce, presque empathique.

- J'ai appris l'arrestation de Clark ! dit-il alors. Je suis désolé, je sais que vous étiez proches.

- Très proches.

Le silence s'installe un temps, avant que Phœnix reprenne la parole, tout en s'approchant de moi :

- Aries, si tu as besoin de quoique ce soit, je suis là.

- Je sais ! déclaré-je avec l'ébauche d'un sourire.

Après un sourire en retour, Phœnix m'invite à m'asseoir sur le divan, aussi blanc que le visage de Clark.

- À vrai dire, commencé-je incertaine, tu pourrais peut-être bien faire quelque chose.

Le jeune homme me dévisage de ses yeux sombres, visiblement à l'écoute. À cet instant précis, je sais que, peu importe la nature de ma requête, ce garçon serait prêt à faire n'importe quoi. Mais je suis prise d'un doute. Dois-je vraiment manipuler quelqu'un pour obtenir ce que je veux ? Clark voudrait-il que je mêle Phœnix à une affaire d'État pour le sortir de prison ? Que me dirait- il s'il était là ? Mais il n'est pas là ! Et c'est justement le problème ! Je me jette donc à l'eau :

- Penses-tu pouvoir persuader ton père d'accorder la grâce présidentielle à Clark ?

Comme je m'y attendais, le regard de Phœnix se fige, me dévisageant soudain d'un air distant.

- Tu voudrais que je me serve de l'amour que me porte mon père pour sauver ton ami ? réplique le jeune homme.

La situation semble extrêmement mal partie. Je tente une autre approche.

- Oui... enfin non...pas exactement, balbutié-je.

Avec un rire nerveux, Phœnix se lève et arpente la pièce, les mains sur les hanches :

- Je n'en reviens pas que tu me demandes une chose pareille ! déclare-t-il.

- Phœnix, je...

- Toi qui sais pourtant, mieux que quiconque, à quel point il est difficile de vivre avec un père constamment absent ! m'interrompt-il.

Je me tais, honteuse. Mais le jeune homme n'en a visiblement pas fini :

- D'abord, tu me plantes au milieu d'un couloir. Plusieurs fois. Puis, je te trouve en sang chez toi, à me poser des questions sur le travail de mon père. Et maintenant tu me demandes d'user de mon influence pour le manipuler ?

Je baisse instinctivement les yeux et fixe la moquette blanche devant moi, afin de dissimuler ma colère. Phœnix s'approche et articule exagérément, des larmes de rage perlant aux coins de ses yeux :

- Qu'est-ce qui ne va pas chez toi ?

Soudain, une paix sourde se répand dans mon esprit. Le calme avant la tempête. Cette tristesse qui me ronge le cœur se transforme en rage pure et incontrôlable. Ce trop-plein de passion, de haine et d'impuissance se mue en une bombe à retardement. D'un bond, je suis sur mes jambes et m'approche lentement de Phœnix, l'air dédaigneux. Les mots qui sortent de ma bouche ne semblent pas m'appartenir... Mais il est trop tard : à peine sont-ils dehors que je regrette mes paroles. De rage, je continue alors à vociférer, lui crachant au visage :

- Tu veux vraiment le savoir ? Très bien ! Ton père est un traître, un résistant qui cherche à couvrir ses complices avec l'assassinat d'un adolescent. Et toi, tu dois sûrement le couvrir pour garder tes privilèges ! Ou par conviction, qui sait ? Tu dis le détester et l'aimer à la fois et j'y ai cru ! Mais maintenant que je sais qui vous êtes réellement, je vais en référer à L'État Mondial, et vous retournerez sur Terre, dans une prison fédérale. Non, Phœnix ! La politique corrompue de ton père ne me fait pas peur !

Alors que je tourne les talons, le jeune homme m'attrape le bras. Je me retourne rapidement, respirant avec peine, pour découvrir le visage rouge et larmoyant de colère du jeune homme. La pression qu'il exerce sur mon biceps est presque intolérable, pourtant, je ne laisse rien transparaître. D'une voix à peine audible, il déclare :

- Ne m'approche plus !

Je me dégage d'un mouvement d'épaule et me dirige noblement vers sa porte, ménageant mon petit effet. Arrivée dans le couloir, je cours. Je cours sans m'arrêter. Je passe devant la porte de mon appartement, mais je ne m'y arrête pas. Non, je cours, tout simplement. Mes jambes me portent, loin, plus loin devant. Toujours plus loin de Phœnix. Phœnix ! Ce nom ne signifie plus rien maintenant.

Sans m'en rendre compte, je me dirige instinctivement vers

l'Observatoire. À cette heure-ci, la salle est déserte. Je me laisse tomber sous le toit de verre où les étoiles me surplombent paisiblement, mais à cause des tempêtes, il est impossible de les apercevoir. Afin de me calmer, je nomme les constellations en fermant les yeux, décrivant leurs caractéristiques. Ce petit jeu suffit en général à m'apaiser, mais pas aujourd'hui. Aujourd'hui, la douleur est trop forte, la blessure trop profonde. Je suis aspirée malgré moi par les fantômes du passé aux souvenirs incertains et je retombe en enfance, le jour où j'ai rencontré Clark.

*

Fridha et moi courrions à en perdre haleine à travers les couloirs de la station. Fridha était la garde, et moi la résistante. Jamais elle n'arrivait à me rattraper, mais pourtant ce jeu de course-poursuite était notre favori. L'aile Nord de la station était souvent déserte à cette heure-ci de l'après-midi, aussi nous courions sans nous soucier des alentours. Soudain, alors que je me retournai pour chambrer mon amie, un grésillement strident avait retenti :

- Mesdames et Messieurs, veuillez-vous diriger vers le hangar numéro trois, clama une voix métallique.

Fridha et moi échangeâmes un regard surpris.

- On fait la course ! s'était-elle alors écriée.

- Tu vas perdre ! m'exclamai-je en m'élançant derrière

elle.

Du haut de nos petites jambes, nous traversâmes la foule de plus en plus dense qui s'amassait au pied du hangar numéro trois. J'aperçus mon père et me dirigeai vers lui, suivie un peu plus tard par Fridha, épuisée et haletante. Le Gouverneur Zendya avait alors pris la parole :

- Mes chers concitoyens, je vous demande d'accueillir chaleureusement notre nouvelle Ministre : Madame Parrisson !

Quand les portes s'étaient ouvertes, une femme entre deux âges apparut, entièrement vêtue de blanc. L'allure droite et impeccable, l'air sévère, elle traînait derrière elle un jeune garçon qui semblait avoir plus ou moins notre âge. Les yeux à demi-fermés, la tête haute, il toisa la foule du regard. Sans un mot, ni un sourire, la mère et le fils se dirigèrent vers nous pour nous saluer.

- Madame Parrisson, enchaîna gaiement le Gouverneur Zendya, bienvenue sur Mars !

Après les civilités officielles, nous repartîmes tous à nos tâches. Alors que Fridha et moi regagnions notre repère secret, une petite cavité entre le quartier résidentiel ouest et le quartier présidentiel, le jeune garçon fraîchement débarqué nous rattrapa en quelques enjambées.

- Salut les Martiennes ! déclara-t-il d'un ton moqueur. Je m'appelle Clark ! Ça vous dit qu'on ne devienne jamais amis ?

Sur ce, il détala en riant dans le couloir.

- Je ne l'aime pas du tout ! dis-je à Fridha en fixant l'angle où celui-ci venait à peine de disparaître.

Mais celle-ci hocha distraitement la tête en guise de réponse.

*

Je me redresse subitement, une idée m'ayant traversé l'esprit. Je peux peut-être encore sauver mon ami ! C'est un pari hasardeux, mais j'ai le devoir d'en prendre le risque ! Puisque Phœnix refuse de m'aider, alors j'irai implorer moi-même la grâce présidentielle ! S'il reste un brin d'humanité dans le cœur de cet homme, il m'écoutera. Sinon, j'utiliserai la manière forte.

Aussi vite que je le peux, je traverse la station au pas de course pour me rendre au bureau présidentiel. Une fois arrivée devant la porte blindée, je suis interrompue dans mon élan par deux gardes armés jusqu'aux dents. Je reconnais la femme qui me toise du regard sous son chignon strict : c'est elle qui a giflé Sly lors de son arrestation. Je déglutis avec peine en repensant à cette jeune fille, et je mesure maintenant toute l'ampleur de mon ignorance. Je n'aurais sûrement jamais la preuve que Sly n'était pas une résistante, mais je ne serais pas étonnée d'apprendre que son suicide n'était, en réalité qu'une mise en scène de son exécution.

- Où tu vas comme ça ? me demande la garde aux yeux de braise.

Je plante mon regard droit dans le sien et déclare d'une voix assurée :

- Je désire parler au Gouverneur Blanc-Neuve !

Les deux gardes se regardent et explosent d'un rire sonore.

- Si Mademoiselle le désire, réplique son collègue au visage de carpe, alors laissons-la passer !

Je sens la colère monter de mon estomac, alors que les deux gardes rient de plus belle, mais j'essaie de me contenir.

- Je vous en prie ! continué-je. C'est important.

Les deux gardes ne bougent toujours pas d'un pouce et me toisent du regard.

- Va jouer ailleurs, petite ! déclare finalement la face de carpe.

Je me redresse, piquée ! Petite ? Je retiens ma soudaine

envie de le frapper et je réplique aussitôt :

- Savez-vous qui je suis ?

S'interrompant soudain de rire, la garde approche son visage imposant du mien et déclare d'une voix sourde :

- Tu n'es qu'une emmerdeuse ! Maintenant dégage !

Je serre les poings, en proie à une vague de fureur. Mon orgueil se trouve piqué à vif, et je compte discuter avec le Gouverneur par n'importe quel moyen ! Alors que je m'apprête à passer à l'action, une voix grave retentit dans mon dos :

- Qu'est-ce c'est que tout ce vacarme ?

Devant moi, les deux gorilles se redressent, au garde à vous, et regardent droit devant eux. Je me retourne lentement et découvre le Gouverneur Blanc-Neuve qui me fait face, escorté par deux autres gardes.

- Si Mademoiselle Zomanof désire tant me parler, déclare celui-ci, laissez-la donc passer.

Les deux gorilles s'écartent et je pénètre dans le couloir sécurisé derrière le Gouverneur, rapidement suivie par son escorte. En passant, je jette un regard triomphant à la garde aux cheveux roux avant de disparaître derrière les portes qui se referment. Lorsque nous arrivons dans la salle ovale, après avoir passé une seconde porte sécurisée, le Gouverneur Blanc-Neuve me fait entrer dans son bureau alors que son escorte se place devant l'entrée. Je me sens automatiquement prise au piège et commence à regretter d'être venue me jeter dans la gueule du loup. D'un signe de la main, le Gouverneur m'invite à m'asseoir sur un petit fauteuil en cuir blanc. Tout comme son appartement, la pièce semble aseptisée, comme hermétique au monde extérieur, exclusivement composée de touches de blanc.

- Qu'aviez-vous à me dire de si important ? me demande alors le squelette ambulant en prenant place derrière son imposant bureau de verre

Je transpire à grosses gouttes. Cet homme me terrifie autant qu'il m'impressionne ! Malgré son visage anguleux et pâle à souhait, ses pommettes saillantes et son port de tête altier auraient pu témoigner d'une grande beauté, si ses yeux vides avaient brillé d'une quelconque lueur. Je remarque, sur ce visage, des traits communs avec Phœnix, son fils, avec qui plus aucune communication n'est envisageable. Surmontant mon embarras, je bredouille quelques instants avant de retrouver ma voix claire et assurée.

- Monsieur, je viens pour Clark Parrisson...

Le gouverneur m'interrompt d'un signe de la main

- Vous voulez dire Le Fournisseur, déclare-t-il alors

d'une voix condescendante.

Ignorant le dégoût qui monte de mon estomac, je continue à parler :

- Monsieur, je connais Clark depuis mon enfance. Il n'est pas parfait, il n'est pas très bon patriote, il n'est pas non plus très respectueux des règles mais il est jeune, et il peut encore apprendre de ses erreurs.

Je laisse mes paroles flotter quelques temps dans la pièce avant de continuer :

- Je vous prie, ne le tuez pas ! Il y a forcément un autre moyen de punir ses agissements. Si vous le punissez par la mort, alors vous êtes vous-même coupable du plus effroyable des crimes ! Envoyez-le sur Terre travailler aux mines de forages, envoyez-le sur Jupiter nettoyer les robots de maintenance. Envoyez-le n'importe où, sauf chez Hadès.

Le silence s'étire entre nous. Le Gouverneur me regarde derrière un masque d'indifférence opaque. Cette neutralité me décontenance, m'étant attendue à une répartie enflammée. Finalement, celui-ci prend la parole :

- Vous l'avez dit vous-même, déclare lentement le Gouverneur, Le Fournisseur ne respecte pas les lois établies par l'État Mondial. Il est par conséquent un danger pour l'Humanité et doit servir d'exemple pour ceux qui seraient tentés de faire de même.

Je reste bouche bée, mais je n'ai pas dit mon dernier mot pour autant ! Quitte à mourir maintenant, autant tenter le tout pour le tout.

- Je sais qui vous êtes, Gouverneur ! La Résistance paiera pour ses crimes, et vous aussi ! Si vous voulez acheter mon silence, le prix est la libération de mon ami !

Les larmes me montent aux yeux, alors que le Gouverneur se lève et fait signe à son escorte d'entrer.

- Raccompagnez Mademoiselle à ses appartements, ordonne-t-il aux gardes, et veillez à ce qu'elle reste en sécurité.

Le squelette se tourne alors vers moi et me regarde intensément, une flamme dansant dans ses yeux.

- Faites attention à vous, Mademoiselle Zomanof, le vent a tourné sur M-One !

Sans plus de commentaires, les gardes m'empoignent par les bras alors que je me laisse docilement guider vers la porte. Avant de partir, cependant, je me tourne vers le Gouverneur :

- Et s'il s'agissait de votre fils, lui demandé-je, que feriez-vous ?

Sans plus d'émoi, le Gouverneur Blanc-Neuve répond d'une voix neutre :

- Je ferais ce qui est nécessaire !

Les gardes me poussent alors vers la porte blindée et nous disparaissons dans l'obscurité.

*

18h00. Deux jours plus tard.

Avec des gestes d'automate, j'enfile négligemment un pantalon et une veste. Un coup d'œil dans le miroir m'informe que mes cernes et mon teint olivâtre sont toujours au rendez-vous. Il faut s'y attendre, quand on n'a pas dormi depuis deux jours. Les express concentrés sont devenus mes meilleurs amis, alors que les somnifères sont devenus inefficaces, et que seule l'exténuation a raison de moi.

18h15. Sur la Grande Place.

Escortée par une dizaine de gardes en uniforme, j'arrive sur la Grande Place avec les autres résidents de l'aile présidentielle. Les 80.000 habitants de la station, hommes, femmes et enfants confondus, de toutes catégories sociales, sont déjà réunis tout autour d'une grande estrade.

Etrangement, un silence de mort règne dans l'atmosphère. Même Amazonia semble plus terne que d'habitude. Il faut dire que c'est la première fois qu'une exécution publique a lieu sur Mars.

18h30. Au pied du Grand Arbre.

Une sonnerie stridente retentit, alors que le Gouverneur Blanc-Neuve monte sur l'estrade. S'emparant d'un nano-micro qu'il place sur sa glotte, il invite les membres du Conseil à venir s'installer derrière lui, sur des fauteuils douillets, tandis que deux gardes installent une vieille chaise médicale en acier sur l'estrade. Au milieu de la foule, entourée de mes gardes du corps, je suis aux premières loges pour assister à la mise à mort de mon ami.

- Mesdames et Messieurs, commence d'une voix grave le Gouverneur-squelette, comme vous le savez tous, nous sommes réunis aujourd'hui pour lutter contre le Mal.

À ces mots, deux autres gardes escortent Clark sur l'estrade. Vêtu entièrement de blanc, les mains liées sur son torse par une camisole, il semble encore plus pâle et maigre qu'à l'ordinaire. Sans ménagement, les deux gorilles l'installent sur la chaise froide, l'attachant comme un animal à l'aide de sangles en cuir blanc, sans trouver de résistance de la part du jeune homme. Clark est donc résolu à mourir.

- Il est de mon devoir, continue le Gouverneur, de conserver la paix et la sécurité de la station en faisant régner la loi de l'État Mondial. Mars est une colonie, pas une anarchie !

Le Gouverneur s'approche alors de Clark comme un prédateur, tournant autour de sa proie.

- Ce jeune homme a été déclaré coupable de contrebande et de trafic de stupéfiants. De plus, il a été récemment surpris en train de pénétrer dans un bâtiment fédéral à l'aide d'un badge pirate. Il doit, en conséquence, être puni !

Ces derniers mots claquent dans le silence de la salle.

- Je vous demande, mes chers concitoyens, de considérer un moment ce garçon ! Vous y voyez peut-être un jeune homme innocent, mais il s'agit en réalité d'un ennemi de la paix ! Un criminel ! Un ennemi de l'État Mondial !

Le Gouverneur Blanc-Neuve se place derrière Clark et pose vigoureusement ses mains sur ses épaules.

- Dans ce genre de situation, la loi autorise le Gouverneur de la station planétaire dans laquelle réside le coupable à user de n'importe quel moyen de condamnation. Je sais que mon prédécesseur avait pour usage d'expatrier les accusés sur Terre pour qu'ils soient jugés. Je vous annonce que le temps de la faiblesse est révolu ! Place à la fermeté ! Place à la Vérité !

Un murmure parcourt la foule, alors qu'au même instant, un enfant se met à pleurer. Mais le Gouverneur ne se laisse pas impressionner :

- Je déclare Clark Parrisson, allias Le Fournisseur, condamné à la peine de mort !

Ces mots me claquent au visage, alors que mon cœur manque un battement. Parmi la foule, un résident s'écrie :

- C'est injuste, ce n'est qu'un enfant !

Au même moment, un autre enchaîne :

- Il ne mérite pas de mourir !

Mais les gardes ne semblent pas en prendre note quand ils font monter le vieux Docteur Erikson sur l'estrade. Celui-ci semble déboussolé et complétement ahuri, lorsqu'il tire de sa mallette une longue seringue. Alors qu'il s'approche de Clark, le médecin déclare d'une voix chevrotante :

- Pardonnez-moi...

Tandis que la seringue s'approche de l'avant-bras de Clark,

un cri strident retentit : Andrea Parrisson s'effondre dans une crise de larmes. Celle-ci débite des paroles incompréhensibles en pointant un doigt accusateur vers le Gouverneur. Deux gardes s'emparent d'elle et l'emmènent loin de l'estrade. Clark, qui, jusque-là, avait gardé son calme, se redresse soudainement en criant :

- Ne la touchez pas ! Lâchez-la !

Mais il est rapidement appréhendé et immobilisé par deux des gardes, alors que le pauvre Docteur Erikson s'approche de lui en chancelant. Pendant un instant, tout se fige. Je mesure alors l'ampleur de mon échec : Clark va mourir ! Nos regards se croisent au milieu de la cohue générale. Des flots de larmes rongent mes joues, alors que le jeune homme esquisse l'ombre d'un sourire. La seringue s'enfonce fatalement dans sa chair, alors que ses yeux s'écarquillent de douleur. Tout son être se raidit soudainement, déjà à moitié mort. Ses lèvres tremblent et articulent avec peine dans un dernier souffle :

- Adieu, ma belle.

Soudain, le silence ! La foule se fige, horrifiée. Alors que le corps sans vie de Clark s'affaisse sur la chaise et que sa tête retombe mollement, je croise le regard de Phœnix, à quelques mètres de moi, dans la zone présidentielle. Séparés par le crime légal que vient de commettre son père, nous nous regardons gravement. Le teint blafard et le regard sombre, il

Chapitre 14

Cela fait maintenant trois semaines que Clark a été lâchement abattu sur la Grande Place. La politique menée par le Gouverneur Blanc-Neuve s'est endurcie afin de « mettre fin à des années d'actions clandestines au sein de M-One ». Les patrouilles de la Garde ont été doublées, un couvre-feu strict a été instauré à vingt heures, et les contrôles sont désormais fréquents dans les couloirs. Résultat : les prisons sont bondées, alors que les arrestations se multiplient, allant d'un simple oubli de recensement au refus d'obtempérer.

La Grande Place et la Cinquième Avenue n'ont jamais été aussi désertes, et pour cause : la morgue n'a jamais été aussi remplie ! Depuis la mort de Lalie, la place est ce qui manque le plus dans ce petit local froid. Les fours crématoires fonctionnent sans relâche, broyant et recrachant des cendres dans un inlassable mécanisme. Les corps sont conservés tout juste quelques heures afin de procéder à l'identification par la famille, puis ils sont jetés comme des ordures dans cette gueule géante et dévorés par les flammes. Les exécutions sont maintenant quotidiennes et défilent sur la Grande Place. En seulement trois semaines, la politique génocidaire du Gouverneur a « purifié » M-One de 250 vies. Telle est la raison du confinement des derniers survivants, qui ne sortent que pour aller travailler ! D'autres, comme le Docteur Erikson, qui ne s'est jamais pardonné la mort de Clark, se sont réfugiés clandestinement sur Terre à bord de navettes de transport de marchandises. Heureusement, les tempêtes moins fréquentes ont permis aux passagers de fuir Mars sans être poursuivis, alors que les communications interplanétaires ont été rétablies.

Pour ma part, je passe mes journées dans mon lit, et, éventuellement, dans la salle de bain. Mon père a difficilement obtenu une dérogation afin que je me repose pendant quelque temps. Malheureusement, dans quelques heures, je devrai reprendre le chemin des cours comme si rien ne s'était passé. Comme si mon meilleur ami n'avait pas été exécuté.

Je vis tel un automate, ressassant sans cesse les derniers événements et arrivant sans cesse à la même conclusion : j'ai échoué ! J'ai cherché trop loin ! Si je m'étais tenue tranquille pour une fois, Clark serait encore en vie ! Ce sont mes actes qui lui ont passé la corde au cou, et je n'ai aucun moyen de remonter le temps. Y a-t-il eu une époque où j'ai été heureuse ? Je ne m'en rappelle plus.

Il ne me tarde que d'une seule chose : avoir dix-huit ans ! Non pas pour me faire la malle sur une autre planète, entourée de mes meilleurs amis, et fêter notre fin d'étude, non, il me tarde de mourir. J'ai hâte que Blanc-Neuve m'arrête et m'exécute pour mes crimes. Alors, je sourirai à cette foule d'hypocrites ignorants qui préfère suivre la masse plutôt que de risquer de tout perdre.

Pourtant, un jour, j'en ai eu assez d'attendre. Alors que mon père était encore absent, je voulus en finir. Cette fois-ci pour de bon ! Alors que les médicaments commençaient à m'engourdir, des gardes ont subitement fait irruption dans la pièce et m'ont emmenée de force à l'hôpital. Alli avait alerté le poste de la Garde ! Foutue machine ! Ma confiance concernant les robots s'acheva définitivement ce jour-là.

Quelques jours en psychiatrie, à jouer la patiente modèle, consciente de ses fautes, et à hocher sagement la tête, m'ont permis de retourner chez moi. Sous haute surveillance, je ne peux rien tenter de nouveau. Des caméras invisibles ont été disposées dans tout mon appartement, s'activant dès que j'esquisse un mouvement. Le pire, c'est que ces bourreaux n'ont épargné aucune pièce de l'appartement. La Résistance peut maintenant me surveiller en toute impunité !

Voilà où je me trouve maintenant : blottie dans mes couvertures, fixant le mur blanc, sans but.

Je plane encore dans un état second, lorsque trois petits coups retentissent à ma porte : il doit s'agir de mon père. Il faut avouer que, depuis que ma tentative de suicide a échoué, celui-ci est plus présent à la maison. Alors qu'il pénètre dans la pièce, le visage souriant, mais tout de même inquiet, je ressens un grand dégoût, seul sentiment que je suis encore capable d'éprouver ces derniers temps.

- Regarde qui j'ai trouvé devant la porte ! me dit-il avec un fort accent de joie feinte.

À ma grande surprise, le profil de Phœnix se dessine derrière mon père.

- Je vais vous laisser, déclare celui-ci. Si tu as besoin de moi, Aries, je suis dans mon bureau.

Après que la porte se soit refermée doucement, le jeune homme s'avance et s'assied précautionneusement sur le rebord de mon lit. Les traits tirés et le regard abattu, il a l'air de quelqu'un qui n'a pas connu de nuit complète depuis plusieurs jours. Cela nous fait un point en commun. Le silence s'étire indéfiniment, jusqu'à ce que je prenne la parole. Cela fait maintenant un moment que je n'ai pas entendu ma voix, et je suis contrainte de l'éclaircir avant de parler, tant celle-ci me paraît rauque et lointaine.

- Mon père t'a vraiment trouvé devant la porte ? dis-je finalement.

- Non, me répond Phoenix, il m'a demandé de passer te voir il y a quelques jours déjà, mais je n'étais pas prêt à revoir la fille qui m'a accusé à tort d'être un résistant !

Je me redresse dans mon lit et m'installe en position assise. La tête me tourne légèrement alors que je reprends la parole :

- Et tu l'es maintenant ?

Celui-ci lève vers moi des yeux humides mais froidement déterminés :

-Non, mais j'y suis obligé. Tu verras que je ne suis pas celui que tu crois !

Sans un mot, il sort de sa besace une tablette numérique dernière génération et active un hologramme qui reste en suspens au-dessus de mon lit. Je me glace d'effroi en découvrant plusieurs dossiers virtuels dont le mot « CONFIDENTIEL » écrit en rouge attire mon regard.

- Ceci, me dit le jeune homme, est la raison pour laquelle je suis venu.

Tout en tremblant légèrement, mes mains agrandissent le premier dossier, dont le nom monopolise mon attention : « Projet M.A.R.S ».

Dans un premier temps, je ne comprends pas bien ce qui défile sous mes yeux : des graphiques, des chiffres, de vieilles images satellites datant de la colonisation, à l'époque où l'eau coulait encore dans les chutes du Niagara. Phœnix prend alors la parole pour m'éclairer :

- J'ai commencé à avoir des doutes, dit-il, après l'instauration de toutes ces lois par mon père. Tu vois, contrairement à ce que tu as pu penser de notre relation, j'ai fait mes propres recherches. J'avais peur que tu aies raison, je l'avoue, mais j'ai découvert quelque chose de bien plus complexe. Et après ce que m'a dit Clark…

À son nom, tous mes sens sont en alerte. Je retire ma main de l'hologramme, stupéfaite, en m'écriant :

- Attends ! Quand as-tu parlé à Clark ?

Le jeune homme paraît surpris.

- En prison, peu avant son exécution. Il m'a fait appeler. Tu l'ignorais ?
- Oui, dis-je les larmes aux yeux. Qu'est-ce qu'il t'a dit ?

Phœnix me considère quelques instants, sans rien dire.

- Il m'a d'abord servi le même refrain que toi, mais je pense l'avoir convaincu de mon innocence. Il m'a alors raconté les évènements, depuis la disparition de votre amie, ainsi que vos sorties nocturnes.

Je détourne les yeux, pensant d'abord nier. Mais à quoi

bon mentir encore une fois ? Phœnix sourit légèrement.

- Ne t'en fais pas, continue-t-il, je ne vais pas te dénoncer. Il m'a aussi mis au courant de la menace de l'homme en noir, qu'il a comparé à l'Agent Smith dans Matrix.

C'est à mon tour de sourire : du Clark tout craché ! Je relève les yeux vers le jeune homme :

- Comment as-tu obtenu ces documents ? lui demandé-je en désignant les dossiers rouges.

- Je suis allé fouiller dans le bureau de mon père, dit-il non sans un léger accent de fierté, justement après les avertissements de Clark.

Je regarde les dossiers virtuels flotter au-dessus de la tablette numérique. Il vaudrait mieux que personne ne les découvre ici.

- Phœnix, m'enquis-je, légèrement anxieuse, les caméras…

- Ne t'inquiète pas ! répond-il sans me laisser finir. Je les ai piratées dès qu'ils les ont installées. Chaque jour je renouvèle la boucle pour que cela ne puisse pas paraître suspect. Je ne pouvais pas les laisser t'observer tel un animal en cage.

Je souris, reconnaissante. Le silence s'étire pendant

quelques instants, avant que le jeune homme reprenne gravement la parole :

- Aries, je pense avoir trouvé le lien entre toutes les questions que tu te poses depuis si longtemps.

Mon cœur se met à battre plus fort. Cette sensation me donne l'agréable impression d'être en vie, comme si celui-ci ne battait plus depuis plusieurs jours. Impatiente, je fixe Phœnix, l'incitant à continuer.

- Tout d'abord, commence-t-il, il faut que je t'avoue quelque chose… concernant mon père.

Je lève des yeux inquisiteurs vers le jeune homme, alors qu'il continue :

- Il y a quelques années déjà, on lui a diagnostiqué une sclérose en plaque. Un véritable poison qui le rongeait de l'intérieur.

Phoenix laisse ses mots faire leur effet avant de reprendre :

- Du jour au lendemain, notre vie est devenue un enfer. Malgré leurs métiers à fric, mes parents n'arrivaient plus à payer toutes les factures de soins. On a dû vendre petit à petit tout ce qu'on avait. Un soir, alors que je rentrais du collège, des agents de l'Etat Mondial ont débarqué chez nous avec un remède miracle.

Le jeune homme s'arrête un instant, un fantôme de sourire sur les lèvres.

- Angèle et moi avons cru à un miracle ! Dans les semaines qui ont suivi, mon père est redevenu l'homme que l'on aimait tant, celui-là même qui se battait farouchement avec la Grande Faucheuse quelques temps plus tôt. Mais un jour, j'ai surpris une dispute entre lui et ma mère. Sur le moment, je n'y ai pas prêté attention, jusqu'au jour où ma mère a divorcé et est partie avec ma petite sœur. Peu de temps après, mon père et moi étions envoyés sur Mars.

J'ai une pointe au cœur pour le jeune homme qui semble soudainement aspiré dans le passé. J'aimerais le réconforter, mais c'est impossible. Alors je me contente de dire :

- Pourquoi ne m'en avais-tu jamais parlé auparavant ?

Le garçon hausse les épaules avec un petit rire narquois. Il me fixe alors d'un œil triste avant de répondre :

- Il faut dire que c'est notre truc, les secrets, hein ?

Ces paroles me font l'effet d'un coup de poignard. Je ne cherche pas à me justifier. Phœnix ne semble pas mesurer l'ampleur des sacrifices que j'ai dû faire. J'ai fait des choses malhonnêtes, certes, mais je ne me considère pas non plus narquois. Une agitation palpable commençait à résonner dans les bureaux présidentiels... Dans le couloir, des conseillers se rassemblaient et débattaient bruyamment. Il ne lui restait plus beaucoup de temps.

- Si je l'ai prise dans mes bras, continua-t-il sans se démonter, c'est parce qu'elle venait de m'annoncer ses fiançailles.

- Et en plus, mariée ! répliqua Aries d'un ton cinglant.

- Avec le Docteur Emilie Sisarra, lâcha finalement Ivan.

Un long silence suivit, avant que sa fille ne réponde finalement :

- Alors elle...

- Oui, soupira son père. Aries, je ne sais pas ce que tu as pu t'imaginer, mais j'aime notre famille plus que toutes les planètes de la Voie Lactée !

- J'ai cru, oh papa ! répliqua alors sa fille en pleurs.

À ce moment-là, deux gardes armés pénétrèrent dans le bureau d'Ivan.

- Monsieur, dit l'un d'eux, veuillez nous suivre. Ordre du Gouverneur !

Ivan fixa un moment le bouton jaune sur son bureau. Un bouton d'urgence qui permettait d'ouvrir toutes les portes de comme l'héroïne de l'histoire. À quoi bon, il ne comprendrait pas.

- Mais, continue le jeune homme, j'ai finalement compris ce que je refusais de voir depuis tout ce temps.

Le jeune homme lève vers moi des yeux rouges et humides.

- Mon père a conclu un marché avec l'État Mondial. Sa vie en échange d'une complète collaboration !

Je n'arrive pas à assimiler ce que vient de me dire Phœnix. Je ne remets pas sa parole en doute, mais c'est tout simplement invraisemblable ! Je m'aventure prudemment :

- Mais, en supposant qu'un tel remède existe, pourquoi l'État Mondial aurait-il besoin de sa coopération ?

- C'est aussi ce que je me suis demandé, déclare Phœnix en s'emparant des documents. Je n'y croyais pas non plus, jusqu'à ce que je lise ceci.

Après avoir ouvert l'un des dossiers d'un glissement de doigt, le jeune homme me désigne un document qui semble être un communiqué officiel. Je lis donc à voix haute :

- « Moi, Gouverneur Zendya, m'engage à obtenir l'indépendance complète de la station M-One d'ici à cinq ans. Grâce aux progrès technologiques, nous serons en mesure de devenir entièrement autonomes dans toutes les juridictions. Nous appelons tous les citoyens à un référendum d'ici la semaine prochaine : pour ou contre l'indépendance martienne. »

Je fronce les sourcils, perplexe : je ne vois pas en quoi cela est censé me donner une réponse. Je déclare donc, un peu perdue :

- Tout le monde savait que le Gouverneur Zendya voulait l'indépendance ! C'était un peu comme un fantasme : personne ne le pensait vraiment capable d'un tel projet…

- Aries, m'interrompt-il soudainement, tout est pourtant là ! Regarde la date du communiqué. Bien, maintenant, te rappelles-tu en avoir entendu parler ?

Je nie d'un signe de tête.

- Exactement ! Ce communiqué n'a jamais vu le jour, s'exclame-t-il.

Anxieuse, je regarde de nouveau la date. Elle coïncide avec le départ soudain du Gouverneur Zendya et l'arrivée de Blanc-Neuve. Une théorie commence doucement à germer dans ma tête, comme une plante vénéneuse répandant ses racines toxiques dans mon cerveau. Je réfléchis à plein régime, tournant et retournant la question qui me brûle les lèvres.

- Alors, dis-je dans un souffle, le Gouverneur Zendya a été contraint de s'exiler car il voulait l'indépendance de Mars, et ton père est arrivé par la suite, les mains déjà liées à cause de son pacte satanique avec l'État Mondial ?

À présent, ma tête tourne si fort que je crains de m'évanouir. Lentement, je commence à associer les pièces du puzzle.

- Mais, continué-je, pourquoi l'État Mondial veut-il à tout prix conserver Mars ? Après tout, la conquête spatiale est monnaie courante ces derniers temps, et la planète rouge commence à faire un peu vieux jeu. La NASA se prépare même à envoyer des Hommes au-delà de la Ceinture de Kuiper d'ici à vingt ans, après le retour encourageant des sondes !

Avec un rire jaune, le jeune homme désigne les documents confidentiels :

- La réponse se trouve là-dedans, déclare-t-il d'un ton énigmatique.

Je feuillète rapidement les dossiers. À côté du projet « M.A.R.S » est inscrit l'acronyme : Mission Aérospatiale de Recherches vers la Survie. D'autres dossiers sont présents comme « J.U.P.I.T.E.R », « S.A.T.U.R.N.E » ou encore « L.U.N.E ». Je lis silencieusement leur contenu. Au début, les mots glissent dans mon esprit comme si je n'étais pas vraiment consciente de la réalité. Anxieuse, je m'empare d'un autre dossier que je dévore en seulement quelques minutes. J'en prends ensuite un autre et un autre, toujours sous le regard attentif de Phœnix. Quand il ne reste plus rien à lire, je lève lentement les yeux, sous le choc. Je sens grandir une angoisse couronnée d'une douloureuse sensation de déjà-vu. Je balbutie quelques instants avant de me rendre à l'évidence : je n'ai pas les mots ! C'est un complot intramuros. Peut-être le plus important de l'Histoire de l'Humanité.

Phœnix prend alors la parole :

- Aries, j'ai également trouvé ceci, au fond du tiroir de mon père.

De sa poche, il tire une petite clé USB noire.

- J'ai failli ne pas y faire attention. J'ai déjà regardé le contenu et... cela ne va pas être facile à supporter. Mais je pense que tu as le droit de savoir !

Une certaine tension s'empare de moi, alors que Phœnix connecte l'appareil à sa tablette numérique. Quand l'écran s'allume, je distingue vaguement une pièce aux parois métalliques, indifférenciable de n'importe quelle autre de la colonie. Puis j'aperçois le logo de M-One sur l'une d'entre elles. Mon cœur s'accélère alors que je reconnais le

Gouverneur Zendya ainsi que les autres membres de sa famille, ligotés à des chaises. Ils semblent se trouver dans une salle d'interrogatoire qui m'était inconnue jusque-là. Le son de la vidéo a été coupé, aussi, je n'entends pas ce que vocifère le garde qui se tient devant eux. Tyron, le petit frère de Fridha pleure, tandis que sa mère et sa sœur se regardent, visiblement apeurées. L'ancien Gouverneur, lui, s'efforce de répéter au garde des paroles inaudibles, mais cela ne semble pas fonctionner. Alors que je déglutis avec peine, le garde sort son pistolet et abat chaque membre de la famille un par un. En une fraction de seconde, quatre vies sont ôtées, volées, et leurs corps sans vie s'affaissent sur les chaises. Je pousse un cri étouffé, alors que Phœnix plaque sa main contre ma bouche :

- Doucement, chuchote-t-il, on ne sait pas de quel côté se trouve ton père.

Mais je n'entends que d'une oreille les paroles du jeune homme. Les larmes me rongent les joues comme un véritable acide.

- Non, dis-je dans un souffle, ne parvenant pas à y croire.

Mais l'accablante vérité me frappe au visage de toute sa force : Fridha est morte ! L'État Mondial l'a tuée ! La lettre que j'ai reçue n'était qu'une mascarade. Et Clark le savait. Mais Clark est mort, lui aussi, et la Résistance n'avait rien à voir là-dedans.

- Aries, me dit Phœnix en retirant délicatement sa main, il faut que nous révélions ces dossiers au reste du monde. Le Gouvernement doit rendre des comptes.

L'ahurissement endigue mes synapses, condamnant chaque pensée qui tente de se former.

- Aries, répète Phœnix, nous devons agir vite !

Je lève vers lui des yeux humides, encore abasourdie.

- Aries, s'il te plaît, tu dois te ressaisir ! me supplie maintenant le jeune homme. Clark m'a parlé du compte à rebours qui plane au-dessus de ta tête. Quoique nous décidions de faire, il faut agir maintenant !

Le nom de Clark me sort une fois encore de ma torpeur.

- Est-ce que tu as l'intention de rester ici à te lamenter sur ton sort pour le temps qu'il te reste à vivre, ou veux-tu que Clark et Fridha obtiennent justice ? clame alors le jeune homme.

Ces mots me font l'effet d'une douche froide. Soudainement revitalisée, je sèche mes larmes.

- Pourquoi ? Pourquoi veux-tu m'aider après tout ce

que je t'ai fait ?

Le jeune homme reprend son regard grave quelques instants avant de répondre d'une voix lointaine :

- Écoute... j'ai fait une promesse à Clark. Et je ne veux pas regarder sans rien faire ce régime totalitaire s'en tirer avec une tape sur l'épaule. Pendant des années ils nous ont bercés d'illusions en se faisant passer pour un État démocratique révolutionnaire, ami du peuple et porteur de paix. Il est temps pour eux de payer pour leurs crimes.

Le regard de Phœnix est de nouveau déterminé, prêt à affronter n'importe quel obstacle.

- OK ! finis-je par dire en reprenant peu à peu mes esprits, tu as un plan ?

Le garçon me regarde d'un air moqueur, souriant légèrement :

- Tu me prends pour qui ? Bien sûr que j'ai un plan ! Un plan béton, même.

Cette dernière phrase, dite comme pour lui-même, semble destinée à nous rassurer autant l'un que l'autre, avant d'entreprendre ce qui pourrait fatalement être notre dernière escapade.

Chapitre 15

À minuit pile, je quitte silencieusement mon appartement, vêtue de noir, un sac sur l'épaule qui contient des rations énergétiques et des pastilles d'iodes qui nous protégerons des radiations radioactives de la Terre. Je retrouve Phœnix devant la porte menant à la Cinquième Avenue. Lorsque j'arrive à sa hauteur, le jeune homme me chuchote à l'oreille :

- On a cinq minutes pour rejoindre le ponton d'amarrage avant la relève de la patrouille. J'ai installé une boucle sur les écrans de contrôle : ils ne nous verront pas arriver. Par ailleurs, j'ai désactivé nos implants neuronaux pour quelques heures, afin de ne pas être géolocalisés le temps que nous rejoignions la Terre.

Nous courons à pas silencieux vers le bâtiment Nord, en prenant soin de longer le centre de tri et de recyclage afin de passer le plus loin possible du poste de la Garde. À pas de loup, nous continuons notre chemin. Phœnix m'avait dit la veille :

- Il y a deux moyens de communiquer des données vers la Terre. L'un se trouve dans le bureau du Gouverneur, dans la tanière du Loup, avec aucune solution de repli.

- Et l'autre ?

- L'autre se trouve dans l'annexe de la station, avait répondu le jeune homme.

J'avais ri, hier, pensant que c'était une blague. Mais devant l'air on ne peut plus sérieux de Phœnix, je dus me rendre à l'évidence : il va falloir se rendre dans l'annexe de M-One… Il s'agit en quelque sorte d'un poste de contrôle situé à quelques kilomètres au Nord de la station-mère, dans le cas où celle-ci ne pourrait plus communiquer avec les autres planètes. C'est également là que sont enregistrés tous les départs et les arrivées des navettes sur la planète rouge. Pour y accéder, il faut traverser le torride désert martien à bord d'un Rover, et ce ne sera certainement pas facile.

Nous arrivons près de la porte blindée menant au garage, laquelle nécessite trois codes d'accès et de vérification au plus haut niveau de cryptage. Il nous faudra gagner du temps et passer inaperçus. Alors que nous sommes presque au niveau du deuxième poste de la Garde, Phœnix me demande furtivement, avec une pointe d'anxiété :

- Tu te souviens du plan ?

Je lève un sourcil narquois, souriant légèrement, comme Clark le ferait sûrement dans un moment pareil. Je lui réponds d'un ton moqueur :

- Tu me prends pour qui ?

Phœnix sourit avant de se faufiler dans un espace étroit et sombre entre les ateliers et le bâtiment de stockage. Je m'avance alors près du poste de la Garde, l'air affolé :

- Vite ! Au-secours ! Aidez-moi je vous en prie, aidez-moi, crié-je sans discontinuer.

Un garde d'une trentaine d'années sort précipitamment du bureau et s'avance vers moi, l'air menaçant :

- Retournez dans vos quartiers immédiatement ! vocifère-t-il.

- Mais, dis-je en balbutiant bruyamment, j'ai besoin d'aide !

- Le couvre-feu stipule bien que...

- Evan ! aboie une voix grave dans le dos du jeune homme, le coupant net.

Un vieux garde, également en uniforme, s'avance alors

vers nous en boitillant.

- Tu sais qui c'est, imbécile ? crache celui-ci à son jeune collègue en lui donnant une tape derrière la tête.

- Non, répond l'autre en me dévisageant, visiblement anxieux.

- C'est la fille du Gouverneur-adjoint, idiot !

Le jeune garde se tourne alors vers moi avec un regard de chien battu :

- Pardon, Mademoiselle, s'empresse-t-il de débiter. Vous appeliez à l'aide ?

- Oui, oui, répété-je en entrant de nouveau dans mon rôle d'hystérique, j'ai vu quelqu'un tenter de pénétrer chez le Gouverneur !

À ces mots, comme l'avait prédit Phœnix, les deux gardes se saisissent de leur talkie-walkie en vociférant des paroles incompréhensibles.

- Code bleu ! Code bleu ! crient-ils en s'élançant dans le couloir. Tous au quartier présidentiel ! Je répète : tous les agents au quartier présidentiel ! Ceci n'est pas un exercice !

Je sèche mes larmes avec un large sourire, alors que les deux silhouettes disparaissent au tournant et que Phœnix sort de sa cachette.

- Bien joué ! me dit-il avec un clin d'œil avant de brancher son transmetteur au scanner de la porte.

Alors que le jeune homme tape rapidement une série de codes sur son clavier, je fais le guet pour m'assurer que personne ne nous épie. Le temps semble interminable et je me retourne plusieurs fois vers Phœnix, espérant qu'il ait bientôt fini. Soudain, au bout de quelques minutes, un bip strident retentit. La porte s'ouvre alors avec un bruissement d'air pressurisé. Les trois niveaux de cryptage ne représentent visiblement qu'une bouchée de pain pour Phœnix.

Nous nous avançons rapidement dans l'immensité du garage. Alors que nous cherchons la rangée des Rover parmi les diverses navettes et avions, Phœnix déclare :

- Nous avons cinq minutes avant que les gardes ne...

Mais celui-ci est interrompu par une alarme assourdissante. Des gyrophares rouges se mettent en marche alors qu'une voix mécanique répète sans cesse :

- Alerte, intrus. Alerte, intrus. Alerte, intrus.

Je regarde anxieusement Phœnix, resserrant instinctivement les bretelles du sac à dos sur mes épaules.

- Ou peut-être moins, me crie Phœnix par-dessus le vacarme. Cours !

Aussi vite que nous le pouvons, nous traversons le hangar et grimpons dans un Rover. Dès que les portes se referment sur nous, le bruit s'arrête, stoppé par la pressurisation de l'engin.

- Et maintenant ? lui demandé-je en m'installant au volant. Tu réussiras à déverrouiller les portes ?

- J'y travaille, me répond le jeune homme en sueur.

En quelques commandes, Phœnix verrouille les portes reliant la station au hangar, ainsi que tous les accès aux postes de la garde.

- Ça nous fera gagner du temps, déclare-t-il alors. En théorie.

Je lui lance un regard en coin.

- En théorie ? Il nous faudrait un peu plus que de la théorie.

- La créativité naît de la théorie, rétorque-t-il distraitement, absorbé par les lignes de codes qui naissent sous ses doigts.

- En théorie, Marie Curie n'était pas censée mourir à cause de sa découverte.

- En théorie, conclut le jeune homme.

Je crispe mes doigts sur le volant, prête à démarrer. Pourvu que la théorie fonctionne, cette fois-ci.

*

Ivan Zomanof était assis à son bureau. La tête entre ses mains, il était perdu dans les méandres de ses pensées lorsque l'alarme retentit.

- Alli, dit-il à l'intention de l'intelligence artificielle, que se passe-t-il encore ?

- Deux intrus ont pénétré dans le garage, Monsieur.

Ivan fronça les sourcils, dubitatif. Il ne manquait plus que cela.

« Ils en ont des couilles, ceux-là » se dit-il.

- Qui sont-ils ? demanda-t-il aussitôt en s'étirant.

- Phœnix Blanc-Neuve et Aries Zomanof ! répondit alors l'ordinateur

Ivan se leva si vite qu'il se fit un tour de rein. Ignorant la douleur, il se mit à arpenter la pièce en répétant :

- Ce n'est pas possible... c'est impossible !

L'Intelligence Artificielle transféra alors l'image des

caméras de surveillance qui filmaient, en direct, les deux adolescents à bord d'un véhicule d'exploration. Face à de telles preuves incriminantes, Ivan ne put que l'admettre : sa fille était bel et bien au volant d'un Rover dans un hangar sécurisé !

« De mon temps, se dit-il, on fuguait pour aller au cinéma, ou en boîte de nuit. Mais là, on parle de fuguer dans l'un des déserts les plus dangereux de la galaxie ! En particulier en période de tempête. »

Sans attendre, il s'empara de son transmetteur et composa le numéro de sa fille. Une colère sourde se répandait dans sa poitrine, alimentée par la peur de voir Aries blessée, ou pire. Sur l'image de surveillance, celle-ci se mit à fixer son appareil électronique sans esquisser un mouvement.

« Décroche, allez, décroche !

Celle-ci appuya finalement sur l'écran, mettant fin à une interminable attente.

- Papa ? dit-elle après un moment de silence.
- Bon sang, Aries, qu'est-ce qui te prend ? lui cria-t-il, sans prendre en compte l'avis des médecins qui, quelques jours plus tôt, lui avaient dit de ménager sa fille.

Sur les images, Aries se raidit dans un mouvement désinvolte.

- C'est fini, papa ! répliqua-t-elle après un temps. …Je connais toutes les magouilles que vous faites dans vos bureaux ovales. Aujourd'hui, on s'apprête à tout révéler !

Ivan s'assit lourdement sur son fauteuil, abattu.

- Aries, dit-il alors, tourne la tête légèrement à gauche.

Sur l'écran, sa fille exécuta ses ordres et remarqua la caméra.

Elle fixa alors l'objectif, comme pour percer le cœur de son père à travers. Et cela fonctionna.

- Ma chérie, reprit Ivan d'une voix tremblante, tu vas te faire arrêter, voire exécuter, pour trahison ! Rentre tout de suite et on pourra peut-être arranger tout ceci.
- Non ! lui cria-t-elle à travers le combiné.

Ivan se tut. Des larmes lui rongeaient maintenant le visage, tout comme sa fille.

- Je vais mettre fin à cette politique dictatoriale, papa. J'ai lu les dossiers. Je sais que tu t'es opposé aux projets M.A.R.S, S.A.T.U.R.N.E ou J.U.P.I.T.E.R. Tu sais, au fond de toi, que ce que nous faisons est juste. À toi maintenant de décider si tu vas nous aider ou non !

Jamais Ivan ne s'était senti aussi mal. Un dilemme le déchirait de toutes parts à ce moment même. Aider sa fille équivalait à la sauver, mais peut-être aussi à lui passer lui-même la corde autour du cou ! Aider sa fille équivalait à l'envoyer vers une vie de clandestinité, ou pire : une mort certaine ! Aider sa fille, c'était déclencher la Révolution qui dormait là, dans un coin, depuis des siècles ! Soudain, Aries déclara d'une voix sourde, tout en continuant à fixer la caméra :

- Je sais que tu entretiens une liaison ! J'ai jamais su trouver le bon moment ou les bons mots pour te le dire, mais j'ai plus rien à perdre maintenant.

Ivan fronça les sourcils, dubitatif :

- Aries, de quoi parles-tu ? lui demanda Ivan dans la plus sincère confusion.

- Ne joue pas l'innocent ! répliqua celle-ci dans le combiné. Je t'ai vu avec ta collègue, un soir, alors ne me mens pas ! Pas maintenant !

Ivan soupira longuement, un rictus au coin des lèvres. Se pourrait-il... Il fixa un moment le plafond au-dessus de lui avant de répondre doucement :

- Chérie, ce n'est pas que ce que tu penses.

À l'autre bout du transmetteur, sa fille émit un petit rire

la station en cas d'attaque, afin de faciliter l'évacuation. Ce bouton, ils n'étaient que deux à l'avoir sur leur bureau.

Et ils étaient tous les deux pères.

- Je t'aime, Aries.

D'un geste vif, Ivan appuya sur l'interrupteur, alors qu'un coup sec retentit au même instant. Sur l'image de surveillance, Ivan vit Aries regarder furtivement devant elle, un large sourire aux lèvres.

- Ça marche papa ! Merci !

Ivan essaya de répondre, mais il aperçut soudain la rose rouge qui se dessinait sur sa poitrine. Avec un cri de surprise, il s'effondra au sol.

- Papa ? s'écria la voix de sa fille. Papa ? Tu vas bien ?

Dans un ultime effort, Ivan approcha le transmetteur de sa bouche et articula :

- Fonce, ma comète.

Alors qu'il expirait dans un dernier souffle, le Rover s'élança hors des murs de la station, au milieu du désert rouge.

Nous roulons silencieusement vers l'annexe, alors que le

désert torride s'ouvre à nos pieds. Jamais Mars ne m'était apparue si belle, rouge comme la lave en fusion du soleil. Cette splendide couleur de « rouille » provient de l'oxyde de fer contenue dans les roches volcaniques, et qui nous apparaît rougeâtre. Tout en haut des sommets qui forment la vallée où a été construite M-One, perlent des calottes polaires formées de glace. Mars, tout comme la Terre, possède un cycle de saisons, permettant ainsi à ces calottes de se vaporiser dans l'atmosphère un fois venu le printemps. Les tempêtes fréquentes ont balayé le sol, mais l'horizon reste tout de même perceptible. Raisonner scientifiquement me permet d'ignorer cette douleur lancinante qui balaie mon estomac.

Mon père est mort ! Mon père n'était pas infidèle ! Je suis la dernière des connes. Pourtant, je ne peux pas m'abandonner à la peine, je n'en ai pas le droit ! Ne pas pleurer ! Ne pas céder ! D'un geste vif, j'essuie mes yeux rouges et inspire profondément.

- Je suis désolé, murmure Phœnix après un temps. Nous étions prêts à abandonner nos familles, mais pas de cette façon.

Je secoue lentement la tête, alors que les contours indistincts de l'annexe se dessinent à l'horizon.

- T'as déjà conduit auparavant ? me demande le jeune homme après un temps.

- Non, seulement en simulation.

- Ah ! fait simplement Phœnix en regardant de nouveau par la fenêtre.

- Détends-toi ! Après tout ce qu'on a traversé, ce n'est pas un Rover qui va nous achever.

Nous continuons notre route en nous rapprochant toujours plus près du bâtiment.

- Les gardes sont sûrement alertés de notre arrivée, déclare le jeune homme. Je vais pirater le système de commandes pour les piéger dans une aile du bâtiment, mais ça ne les retiendra pas longtemps. Ce sera un peu comme jouer au chat et à la souris.

J'essaie de sourire, mais ce n'est pas convaincant. Afin de penser à autre chose pendant que Phœnix tape frénétiquement sur le clavier de sa tablette numérique, je me remémore en boucle chaque étape du plan. La veille, toute issue me semblait condamnée, sans perspective d'avenir, comme si cette entreprise était notre ultime chance d'exister. Enfin, jusqu'à ce que mon compagnon de route me dise :

- Nous pourrons nous échapper avec la navette des premiers explorateurs de Mars qui est entreposée là-bas, dans l'annexe. C'est une vieille antiquité du XXIème siècle, ce ne sera pas le grand confort, mais au moins, il y a assez de carburant, et, à nous deux, nous devrions arriver à la faire décoller.

- Mais pour aller où ? Nous serons des fugitifs !

Le jeune homme avait simplement souri en répondant :

- Sur Terre, dans la Résistance.

Aujourd'hui encore, cette idée me semble incongrue. Depuis toujours, nous apprenons que la Résistance est l'ennemie de la paix, commettant des attentats et des meurtres pour arriver à ses fins. Moi-même, j'avais soupçonné la Résistance d'être l'auteur de l'assassinat de Lalie et de la disparition de Fridha ! Mais la situation était tellement désespérée que Phœnix avait su me convaincre :

- Réfléchis, m'avait-il dit. Qui te disait tout cela ? L'État Mondial ! Celui-là même que tu t'apprêtes à condamner aujourd'hui. Il se pourrait bien que ces histoires soient vraies, mais c'est un risque à prendre si nous voulons survivre. Nous n'aurons qu'à demander asile à la Résistance.

D'un mouvement de cheville, j'écrase la pédale de l'accélérateur. Le Rover s'élance alors en direction du bâtiment plus rapidement. Au loin, j'aperçois des nuages de poussière qui commencent à se former. Intérieurement, je prie pour que la tempête se déclenche, afin que les gardes ne nous prennent pas en filature. Quand quelques grains tombent finalement sur le pare-brise, je souris. Même si la visibilité est nulle, je pourrai toujours être guidée par les instruments et le GPS. Ils n'auront aucune chance de nous retrouver à travers ce blizzard si dense, et peut-être ne sortiront-ils même pas du hangar !

Il ne me tarde maintenant que d'une chose : en finir.

*

Le Gouverneur Blanc-Neuve était également assis à son bureau, organisant les prochaines exécutions lorsque l'alarme avait retentit. Une fois la stupeur passée, l'Intelligence Artificielle lui avait fait part de la situation.

« Phœnix, mon fils, qu'as-tu fait ? » se dit-il.

Une rage sourde s'immisça dans son cœur, se répandant dans sa poitrine comme un venin douloureux, rapidement suivi d'une profonde sensation de honte et de déception. Le temps où sa famille et lui avaient été unis et heureux était révolu depuis longtemps. Sans nouvelles ni de Marta ni d'Angèle, vivant avec un fils dont les yeux se remplissaient de haine quand il apercevait son père, Mortimer était tout à fait seul.

« Ils ne comprennent pas, lui chuchota sa voix intérieure. Ils ne peuvent PAS comprendre. La Voie de la Vérité t'a été montrée, à toi, et à toi seul. »

Cette voix était avec lui depuis sa maladie, notamment depuis le remède miracle, et lui avait montré la Voie. La Voie de la Vérité que s'efforçait de suivre l'État Mondial. Et pour cela, celui-ci avait besoin de lui, Mortimer Blanc-Neuve, pour mener ses nobles projets à bien. Il était fier d'appartenir à cette croisade et rien ne pourrait le détourner de son but ultime. Pas même son fils. Il était le Prophète d'un autre temps, celui qui allait guider l'Humanité vers la Voie de la Rédemption vers la Voie de la Vérité. Mortimer avait pensé que, le moment venu, son fils et lui marcheraient côté à côte vers l'Ascension, mais Phœnix venait de ruiner ses espoirs.

Plongé dans ses réflexions, il n'entendit pas le coup de feu strident qui retentit dans le bureau ovale. Soudain, un garde zélé fit irruption dans son bureau :

- Monsieur, le Gouverneur-adjoint est mort ! déclara celui-ci.

- Qui vous a dit d'entrer ? répliqua Mortimer Blanc-Neuve d'un ton condescendant.

- Je... je... balbutia le garde, visiblement étonné.

Mortimer se leva lentement, dépliant son corps filiforme tel un serpent entamant une danse de la mort, optimisant ainsi l'effet de mise en scène.

- Alerte maximale, déclara-t-il finalement. Que tous les gardes soient assignés à l'arrestation des fugitifs.

Après un temps, Mortimer continua d'une voix grave, mais résolue :

- Tirez pour tuer !

Le garde tourna les talons pour partir, mais revint finalement sur ses pas. :

- Monsieur, il s'agit de votre fils.

Mortimer toisa le garde en répliquant d'un ton cinglant :

- Plus maintenant ! Désormais Phœnix Blanc-Neuve est un ennemi de la paix !

Le garde détala dans le couloir comme un lapin apeuré. La Voie de la Vérité était proche, et Mortimer Blanc-Neuve ne laisserait rien ni personne ne se mettre entre lui et sa destinée !

*

Quelques minutes plus tard, Phœnix et moi descendons du Rover, après être passés dans le sas de dépressurisation. À peine avions-nous posé un pied à terre qu'une alarme retentit.

- Dépêchons-nous, me dit anxieusement le jeune homme.

Alors que j'ouvre la porte du garage cosmique menant au couloir, je me retrouve nez-à-nez avec une garde. Je la reconnais immédiatement à ses cheveux roux et son air renfrogné : il s'agit de la femme qui a frappé Sly lors de son arrestation, la même qui a voulu m'empêcher de parler avec le Gouverneur. Aussitôt des balles paralysantes fusent devant mon visage et viennent s'écraser contre la paroi avec un gargouillis métallique. Je recule instinctivement en claquant la porte derrière moi et en la bloquant avec le premier objet lourd qui me tombe sous la main. Je me tourne alors vers Phœnix, espérant qu'il aurait une idée. Celui-ci pianote énergiquement sur sa tablette une série de codes qui ne me disent absolument rien. Au bout d'un moment, il relève finalement la tête en disant :

- Viens, il y a une porte d'accès de l'autre côté. Elle se situe en face du centre de contrôle. Il nous suffira de traverser le couloir.

En quelques foulées rapides nous atteignons le passage, alors que derrière nous les gardes font sauter la porte de ses gongs et pénètrent dans le garage.

- Arrêtez-vous ! crie la jeune femme à la gâchette facile.

J'ouvre énergiquement la seconde porte en espérant que personne ne nous attendra de l'autre côté. Par chance, le couloir est désert. Jusqu'à aujourd'hui, le poste de contrôle ne nécessitait pas une protection accrue. Ainsi, les gardes vivant ici sont peu nombreux ! Deux autres coups de feu retentissent alors que je me précipite dans le couloir, suivie de près par Phœnix. La seconde d'après, nous sommes réfugiés dans le centre de contrôle, la porte verrouillée. Devant nous se tient la salle des machines, l'immense cerveau de toute la Station-mère. Des centaines de super-ordinateurs quantiques se dressent au milieu d'un jeu de lumières bleues, rouges et vertes qui alternent dans un concert de cliquetis. D'un coup de pied vif, Phœnix détruit le digicode de la porte à l'intérieur de la pièce. Tant de violence de sa part me surprend.

- Ça les ralentira ! grimace le jeune homme en se tenant d'une main le flanc droit.

- Tout va bien ? demandé-je, inquiète.

- Ça devrait aller, répond-il en déambulant parmi les fils électriques. Mon père n'utiliserait jamais de vraies balles contre son propre fils !... Mais ces cartouches paralysantes font un mal de chien.

Avec un sourire crispé, j'ouvre mon sac et m'empare de la tablette numérique qui comporte les dossiers classifiés, pendant que Phœnix installe une petite caméra juste en face de moi.

- C'est une toute nouvelle nanotechnologie ! déclare-t-il, les yeux brillants tel un enfant face à ses cadeaux de Noël. Une minuscule caméra, ultra-puissante, légère, maniable et, surtout, connectée au réseau wifi. Tout ce qu'il nous faut pour faire tomber l'État Mondial ! Quand tout sera en place, chaque appareil connecté recevra la transmission, qu'il soit à canal ouvert ou fermé. Et tout ceci est rendu possible grâce à cette beauté (il désigne la salle remplie de super-ordinateurs) et notamment l'antenne-relais géante au-dessus de nos têtes. Grâce ce petit transistor que j'ai ici, et qui joue le rôle d'amplificateur de courant, je contrôlerai chaque fréquence via Canopy. N'est-ce pas excitant ?

Pendant qu'il débite ces paroles avec une vitesse inouïe, le jeune homme installe son matériel informatique. Je le regarde faire, mi-amusée, mi-subjuguée.

- Tu ne veux pas t'asseoir ? me demande-t-il au bout d'un moment.

- Non, je m'emporte mieux quand je suis debout !

Phœnix hoche lentement la tête et procède aux dernières modifications. Mon cœur bat la chamade et mes mains tremblent inéluctablement.

- Tout va bien se passer, me rassure le jeune homme. Je serai là tout le temps. Dès que tu as fini, on se tire par-là (Phœnix désigne une bouche d'aération au-dessus de lui), on trouve la navette et on rejoint la Résistance. Facile !

Je souris, pas totalement convaincue de partager son enthousiasme qui semble feint. Sans attendre une seconde de plus, Phœnix connecte quelques câbles à son transmetteur, tape frénétiquement une ligne de 0 et de 1 et allume la caméra. Un point rouge me signale que celle-ci enregistre.

- OK, me dit le jeune homme, tu passes en direct dans trois...

La tension est à son paroxysme, alors que de l'autre côté de la porte, les gardes essaient vainement de pénétrer dans la salle.

- Deux...

Je n'arrive toujours pas à prendre conscience de ce que je m'apprête à faire ! J'imagine déjà le nom que l'on va me donner : terroriste. L'hashtag « AriesZomanofestunetraître » va devenir viral sur le réseau.

- Un...

Mais c'est pourtant par amour pour ma Nation que je vais dénoncer l'État Mondial ! Je respire profondément, prête à enchaîner.

- À toi ! me dit alors Phœnix.

Chapitre 16

18h00. Paris, France.

Gabriel, patron d'un petit café-bar à Paris, était un petit homme rondouillet, à l'air gai, qui ne manquait jamais une occasion de rire et de lever le coude. Il était justement en train de lustrer le comptoir de son établissement, pour la énième fois de la journée, lorsque la télévision s'alluma. C'était une vieille antiquité du XXIème siècle qui avait appartenue à son grand-père, et qu'il avait achetée spécialement pour orner l'œuvre de sa vie : son café ! Pas question donc de s'en débarrasser pour l'une de ces télévisions en verre dernière génération. C'était à cause de son âge, donc, que Gabriel crut à un dysfonctionnement, lorsque celle-ci s'alluma et qu'un visage d'ange apparut à l'écran. Mais alors qu'il tentait de l'éteindre, rien ne se produisit. Au même moment, le visage de la jolie jeune fille s'anima et se mit à parler. Dans la pièce, tous les clients se turent instantanément.

- Je m'adresse à tous les habitants du système solaire. Je m'appelle Aries Zomanof, je suis la fille d'Ivan Zomanof, que certains d'entre vous connaissent comme Gouverneur-Adjoint de la station martienne M-One.

Ici, la belle créature fit une pause. Un client du bar, toujours saoul, dit de son habituelle voix titubante :

- Qu'est-ce que tu fous Gabi ? Mets un match !

Gabriel se retourna vers ses amis, l'air perplexe, et déclara :

- Ce n'est pas moi qui ai le contrôle !

*

4h05. Mauna Kea, Hawaï.

Jessee Fox s'était réveillée en sursaut lorsque la télévision de sa chambre d'hôtel et son transmetteur s'étaient allumés en même temps. Quelle ne fut pas sa surprise lorsqu'elle découvrit sa fille, Aries ! À la vue de son visage blafard et de ses traits tirés, Jessee eut un frisson d'angoisse. Quelque chose n'allait pas. Depuis qu'elle avait laissé son mari et sa fille seuls sur Mars, il se tramait quelques anomalies. Son instinct maternel le lui avait soufflé dès les premiers appels.

Dans un premier temps, elle crut qu'Aries la contactait personnellement, mais elle s'aperçut à travers la baie vitrée que les autres résidents de l'hôtel regardaient également leurs écrans. Jessee ne put qu'écouter, impuissante, alors que sa fille déclarait :

- Je m'adresse à vous aujourd'hui, car j'ai découvert un terrible secret ! Un secret qui a coûté la vie à mon amie Fridha, à une jeune femme nommée Lalie, à mon meilleur ami Clark et à mon père !

Un cri d'effroi s'empara de Jessee. Personne ne l'avait tenue informée de ces évènements ! À l'évocation du nom de son mari, la douleur s'empara de son cœur et la saisit avec une telle force qu'elle s'allongea sur son lit, prise de sanglots.

*

12h10. New-York, États-Unis d'Amérique.

Elly, jeune avocate fraîchement débarquée à Wall-Street, s'activait à traverser Times Square lorsque le visage d'une jeune fille apparut simultanément sur tous les écrans de la ville. Les premières minutes, personne ne fit réellement attention à elle, mais lorsque la jeune fille prit la parole, sa voix résonna dans tout le quartier, si bien que le bourdonnement habituel de Times Square se tut, et tous les passants semblèrent écouter religieusement.

- Que vous soyez Terriens, Martiens, Lunériens, Saturniens ou Jupitériens, la menace est la même ! Je vous en prie, écoutez-moi ! J'ai ici des dossiers classés confidentiels, des dossiers qui appartiennent à l'État

Mondial, et qui révèlent la vérité ! Un vaste complot comme jamais vous n'en avez vu ! Un complot qui pourrait mettre en péril toutes ces années de paix et de prospérité. Et je m'apprête à vous le révéler.

Elly se tenait là, haletante, prête à entendre la suite. Quelque part en elle persistait un certain cynisme quant à l'implication de l'État Mondial dans un complot. L'état Mondial avait sauvé la Terre et ouvert des opportunités aérospatiales inédites, si bien que le voyage interplanétaire était désormais banal ! L'État Mondial était le gentil, et cette jeune fille n'était rien d'autre qu'une demeurée qui avait mis en place un plan démentiel pour se faire remarquer.

*

20h15. Abu Dhabi, Émirats Arabes Unis.

Amar, jeune fermier, et récemment héritier de l'élevage de chameaux de son père, berçait sa plus jeune fille Akila dans ses bras lorsque son transmetteur s'alluma. Ainsi, sa famille et lui écoutaient depuis quelques minutes, estomaqués, alors que la jeune fille exposait ces faits :

- Souvenez-vous : il y a des siècles, les premiers programmes spatiaux ont été lancés dans le but de mieux comprendre notre univers et de repousser les limites de l'imaginaire. La mission « Mars One Mission » a donc ouvert la voie à une nouvelle ère : la conquête spatiale.

La jeune fille dévoila alors des images d'archives, montrant la première fusée aménagée. Alors que celles-ci défilaient à l'écran, Aya, sa femme, dit qu'elle ne croyait pas un mot de cette traître qui n'hésitait pas à trahir leur Nation ! Amar aimait sa femme, mais celle-ci possédait des idéaux trop nobles pour les temps sombres dans lesquels ils vivaient ! Ils se contentèrent d'écouter attentivement la suite.

- Mais, vous ne connaissez sûrement pas la vraie raison d'une telle entreprise ! Sachez-le tous : la Terre est mourante. À vrai dire, elle est mourante depuis les premières conquêtes interplanétaires ! À l'époque, l'État Mondial fraîchement créé décida de lutter contre la pollution croissante, mais les séquelles de la Guerre Nucléaire étaient trop importantes, et la Terre fut condamnée. Le Gouvernement le sait depuis tout ce temps, mais a préféré vous le cacher. Pour vous protéger ? Non ! Pour vous maintenir dans l'ignorance !

Joignant les gestes aux mots, la jeune fille exposa alors des rapports détaillés dont les chiffres exorbitants se distinguaient du reste de la feuille. Sa fille aînée, Chedine, émit un petit cri de stupeur alors que son fils Naïm se réfugia subitement derrière sa mère. Le silence envahit alors la pièce.

*

01h20. Tokyo, Japon.

Ashitaka était réveillé depuis plus d'un quart d'heure,

lorsque tous les écrans de son minuscule studio s'étaient allumés en même temps. Ashitaka était un Black-Hat, un hackeur indépendant qui travaillait régulièrement pour le compte de la Résistance, refusant toutefois d'en faire partie. Les idéaux chevaleresques, ce n'était tout simplement pas son truc ! Cependant, aussi doué fut-il, il resta admiratif du travail de celui qui était aux commandes de cette opération ! Synchroniser tous les appareils électroniques de toutes les planètes au même moment, via Canopy, afin d'obtenir une audience maximale ! Brillant !

> - Mais, il y a un hic ! continua la jeune fille. Qu'il s'agisse de Mars, Jupiter, Saturne ou même de la Lune, les stations de ces planètes ne sont pas assez importantes pour contenir tous les êtres humains. À votre avis, à quoi ont servi les tests cognitifs et physiques que chacun de nous a récemment été obligé de passer ? Les survivants vont être choisis, triés, afin de garantir la sélection d'un échantillon de l'Humanité viable !

Celle-ci montra alors des copies d'e-mails échangés entre quelques gros bonnets de l'État Mondial.

« Vous êtes grillés » se dit Ashitaka en souriant.

Voir la façon dont ils parlaient du reste de l'Humanité était déroutant, presque irréel ! Le jeune homme resta stupéfait, dégoûté de voir à quel point il avait eu raison de ne jamais se fier au Gouvernement ! Inconsciemment, il aurait aimé avoir tort, mais ces e-mails prouvaient le contraire.

- Tout était parfaitement coordonné, dit alors la jeune fille, planifié, afin que rien ne laisse envisager une telle entreprise ! Puis, il y a eu la demande d'indépendance du Gouverneur Zendya de M-One. Si Mars devenait indépendante, l'opération n'aurait pas pu fonctionner, puisque les ressources provenaient de cette planète ! L'État Mondial a été contraint de l'éliminer, lui et sa famille !

À ce moment-là, une vidéo sur laquelle un homme, une femme et deux adolescents étaient ligotés à de vieilles chaises en fer apparut à l'écran. Au bout d'un échange verbal musclé, un agent dégaina son pistolet et abattit sans plus d'émoi toute la famille. Ashitaka ferma subitement les yeux, en proie à la nausée. Ses parents avaient connu le même sort : ligotés et exécutés comme des chiens, soupçonnés de travailler pour la Résistance, tandis que lui avait regardé la scène, caché dans le placard à chaussures, à seulement huit ans.

Sa décision était prise. Le jeune homme attrapa un vieux combiné des années 2000 et composa un numéro. L'avantage, avec ce genre de téléphone, c'était que les appels ne pouvaient pas être tracés. Au bout d'un moment, une voix caverneuse décrocha.

13h25. São Paulo, Brésil.

Hernando, conducteur de taxi d'une trentaine d'année, était en pause-déjeuner lorsque la jeune fille séduisante était apparue sur l'écran de son tableau de bord. Il avait d'abord cru à une demande d'invitation en direct, la dernière mode des applications de rencontres, mais c'était avant que celle-ci ne se mette à parler. Dans la rue, autour de lui, tout le monde était absorbé par son transmetteur ou par les écrans géants de la ville.

> - Aujourd'hui, continua-t-elle, vous pouvez vous battre ! Vous pouvez choisir de lutter ! Résistez comme l'a fait le Gouverneur Zendya, comme Fridha, Lalie, Clark ou mon père ! Battez-vous ! Pour eux, pour vous, pour vos enfants.

À ces mots, Hernando se sentit soudainement gonflé par un nouveau vent : l'espoir !

*

20h00. Calcutta, Inde.

Abha, résistante depuis l'âge de quinze ans, était dans un troc miteux depuis quelques minutes lorsque la jeune fille apparut sur les écrans. La vente d'armes illégale qu'elle devait mener pour la Résistance s'arrêta net alors que celle-ci commença à parler. Abha était abasourdie, sachant pourtant, mieux que personne, que l'État Mondial n'était pas aussi bon qu'il le laissait paraître. La gamine continuait à parler :

- Phœnix Blanc-Neuve et moi sommes maintenant considérés comme des traîtres, et forcés à l'exil ! Nous serons des fugitifs, mais des fugitifs heureux. Heureux d'avoir dénoncé notre Gouvernement !

Soudain, son téléphone satellite résonna dans la pièce désormais silencieuse. Au bout du fil, son coordinateur de mission, Zed, un homme au ton bourru, qui lui dit :

- Tu vas jamais l'croire ! Ashitaka s'engage ! Boss veut qu'tu l'récupères au plus vite !

Abha sourit intérieurement. Le geek s'engageait dans la Résistance, le jour même où une inconnue donnait un coup dans les parties de l'État Mondial.

- Compris ! répondit-elle. Je le transfère à la base numéro 5 !

*

17h35. Londres, Angleterre.

Boss, une femme qui commençait à avancer en âge, était muette, en proie à une violente vague d'admiration et de stupéfaction à la fois. Ce qui faisait toute la beauté de l'être humain, c'était le mélange de toutes ces émotions, ce big-bang fusionnel qui créait l'âme, l'esprit, la réflexion. Soudain, la jeune fille à l'écran attira son attention :

- Ainsi, nous demandons asile à la Résistance, afin de continuer à nous rendre utiles ! Nous enverrons, via un cloud crypté, nos coordonnées d'atterrissage sur Terre. Ensemble, nous pouvons mettre fin aux agissements pervers du Gouvernement !

Boss laissa échapper un rictus de satisfaction. Ces enfants avaient besoin d'elle après tout ! Aussi vite que son état le lui permit, elle s'extirpa de son fauteuil et décrocha son téléphone crypté. Le standard lui répondit après quelques sonneries.

- Excusez-moi, Boss, lui parvint une voix féminine saccadée, les appels se sont mis à tripler depuis que cette vidéo circule !

En quelques mots, Boss expliqua ses recommandations.

- À vos ordres ! répliqua la jeune hôtesse.

Sur ce, son assistant pénétra dans la pièce comme une furie :

- Boss ! Boss ! Il faut que vous voyiez ça.

Puis, il s'aperçut que Boss avait déjà les images sous les yeux. Avec un nouveau rictus facial, celle-ci déclara :

- Arrangez-vous pour que nous accueillions nos hôtes le plus chaleureusement possible !

*

00h40. M-One, Mars.

À bord de la station, le Gouverneur Blanc-Neuve se laissa retomber lourdement sur sa chaise de bureau, déglutissant avec peine, alors que la vidéo s'achevait. Les mots qu'il venait d'entendre se mettaient lentement en forme dans sa tête mais sans jamais réussir à donner naissance à une réflexion... Quand une idée parvenait tout de même à se former, Mortimer la chassait avant que celle-ci puisse l'écarter de la Voie de la Vérité. Soudain, une sonnerie stridente retentit dans la pièce silencieuse. C'était la ligne directe du Président. Mortimer inspira profondément dans l'espoir de se détendre, mais rien ne put dissiper la tension grandissante au sein de sa poitrine.

- Monsieur le Président ! dit Mortimer d'une voix solennelle en décrochant le combiné.

Au bout du fil, une voix rauque lui répondit :

- Gouverneur Blanc-Neuve. J'imagine que vous aussi avez été témoin de l'acte de rébellion de nos deux jeunes citoyens.

- Monsieur... commença humblement Blanc-Neuve.

Mais avant qu'il ait pu former une phrase, le Président lui coupa la parole sèchement :

- Assurez-vous simplement que ces traîtres soient arrêtés et envoyés immédiatement sur Terre sans procès préalable !

- Comptez-vous les exécuter ? fit Mortimer d'un ton légèrement désinvolte qui sembla ne pas plaire au Président.

- Non ! répondit celui-ci. Si nous les tuons, nous en faisons des martyrs ! Il faut au contraire jouer plus intelligemment, et les convaincre que tout ceci n'est qu'un rêve, une illusion. S'ils en sont suffisamment convaincus, ils en persuaderont le reste du monde à leur tour, et la situation s'apaisera d'elle-même. Le peuple commence à douter de nous. Ce n'était pas arrivé depuis la création de la Ligue des Nations.

Après un temps, le Président inspira profondément et déclara :

- Rassurez-vous, Blanc-Neuve. Votre fils ne subira pas le même sort que ce gamin.

Mortimer se souvint alors subitement que son fils était impliqué dans l'affaire. Mais cela n'avait aucune importance ! À partir du moment où Phœnix Blanc-Neuve s'était opposé à lui, c'était comme s'il était mort !

- Gouverneur ! tonna alors la voix grave du Président. Vous avez commis beaucoup d'erreurs, à commencer par la mort suspecte de cette jeune auxiliaire d'entretien. C'est un scandale que des résidents l'aient retrouvée gisant dans son propre sang ! N'auriez-vous pas pu être plus méticuleux ?

Après un silence respectueux, Mortimer essaya de se confondre en excuses, mais, là encore, le Président ne le laissa pas finir :

- Contentez-vous de faire ce que l'on vous dit, ou le remède pourrait s'avérer être fatal ! Sommes-nous toujours sur la même voie ?

- Oui, Monsieur ! répondit solennellement Mortimer.

- Bien. Que la Vérité soit !

Comme un automate, Mortimer Blanc-Neuve s'écria, un poing sur le cœur :

- Que la Vérité soit !

Chapitre 17

Alors que la diode rouge à côté de l'objectif s'éteint, je pousse un soupir de soulagement. L'épreuve a été plus facile que je ne l'avais imaginé, même si parler devant un public n'est jamais simple, surtout face à près de douze milliards d'Êtres Humains ! Mais, une fois lancée, la machine ne semblait plus vouloir s'arrêter et toute trace de stress a disparu. Ce court moment de satisfaction terminé, ma vieille amie refait surface : la peur inonde mes synapses... Phœnix range son matériel dans son sac minutieusement, alors que, de l'autre côté de la porte, les gardes semblent être partis. Depuis quelques minutes, le calme est revenu derrière cette paroi de métal. Mais alors que je m'en réjouis, une onde sonore fait trembler tous les murs de la pièce, ébranlant au passage les serveurs derrière nous.

- Vite, dis-je à l'intention de Phœnix, il faut partir. Ils ont dû s'emparer d'un bélier et la porte ne tiendra pas longtemps.

Alors que j'ajuste mon sac sur mes épaules, je me dresse sur la pointe des pieds et déboulonne la grille de la bouche d'aération. Celle-ci tombe sur le sol dans un fracas métallique. Je m'apprête à me hisser à l'intérieur du conduit lorsque je m'aperçois que Phœnix n'est pas derrière moi. Anxieuse, je me tourne vers le jeune homme qui reste à genoux, se tenant les côtes.

- Phoenix ! Tu viens ? Laisse tomber ton matos.

Avec un geste vague de la main, celui-ci me répond :

- J'arrive, pars devant.

C'est à ce moment-là que je comprends que quelque chose ne va pas. Sans perdre une seconde, je me précipite vers le jeune homme, alors qu'il s'assied lourdement sur le sol avec un gémissement. Je m'accroupis auprès de lui, écartant doucement les doigts de son flanc. Ma gorge se noue dans un cri d'effroi : du sang s'écoule abondamment le long d'une plaie béante. Sans réfléchir, j'ôte ma veste et compresse sa blessure.

- Mon père a donc utilisé de vraies balles contre son propre fils ! dit-il dans un gémissement douloureux.

- Ça va aller. Economise tes forces, murmuré-je, les larmes aux yeux.

Mais je sais pertinemment que Phœnix ne sera pas capable de se hisser par le conduit d'aération, de ramper jusqu'à la navette, de décoller, d'atterrir et de rejoindre la Résistance sans le payer de sa vie. À ce moment-là, des centaines de solutions alternatives se bousculent dans ma tête.

Se rendre ? Mortel ! L'abandonner ? Impensable ! Retenir les gardes ? Inutile ! Essayer de s'échapper, quoiqu'il en coûte ? Suicidaire ! Mais ce serait toujours mieux que de mourir en donnant à l'État Mondial ce qu'il veut ! Si je trouve le moyen d'endiguer le saignement, il pourra se hisser dans le conduit d'aération et être soigné par la suite sur Terre. Ma décision est prise, alors que j'empoigne Phœnix par les épaules et que je noue ma veste fermement autour de sa taille.

- Allez, debout ! lui murmuré-je à l'oreille.

Mais son corps est un poids mort, et je ne suis pas assez forte pour le hisser jusqu'au plafond.

- Phœnix, je réussis à articuler, il faut que tu m'aides !

Un grognement de douleur me parvient comme unique réponse, alors que la tête du jeune homme retombe mollement.

- Aries, dit-il entre deux gémissements, laisse-moi. Sauve-toi !

- Il n'en est pas question !

Je tente une seconde fois de hisser Phœnix dans la bouche d'aération, mais le jeune homme hurle si fort qu'il perd connaissance et me retombe dessus. Désemparée, je me laisse emporter avec lui et le repose délicatement au sol. Sur ses côtes, le sang suinte à travers mon pull, s'évadant abondamment de son corps, tels des rats quittant un navire pestiféré. Repoussant mon hématophobie, je place mes mains sur son torse et appuie fermement. Le sang me colle aux doigts. Un liquide chaud et poisseux qui emplit la pièce d'une forte odeur métallique. Les larmes ruissellent maintenant sur mon visage. Son sang ! Comment en est-on arrivés là ? Tout se brouille maintenant devant mes yeux. Soudain, un éclair de lucidité me traverse l'esprit et les faits me reviennent en mémoire. Le complot, la disparition de Fridha, la mort de Clark, le bal... tout est confus et remonte partiellement, et dans le désordre, comme si quelqu'un s'amusait à mélanger les pièces d'un puzzle. Mon esprit divague pendant quelques minutes, lorsque le jeune homme reprend peu à peu ses esprits, papillonnant des paupières avant de fixer ses beaux yeux sombres sur moi :

- Aries, chuchote-t-il, va-t'en … sauve-toi.

Mais je ne bouge pas d'un cil ! Phœnix continue résolument :

- Qu'avons-nous à gagner, à mourir tous les deux ? Si

tu vis, je vivrai avec toi, et mon sacrifice ne sera pas vain !

- Si je vis, m'écrié-je soudain violemment, je porterai ma honte ! Comment peux-tu être aussi égoïste ? Comment peux-tu ignorer les conséquences d'un tel acte ? Je traînerai ton fantôme derrière moi comme je traîne celui de Fridha, de Lalie, de Clark, et de mon père, et de toutes ces vies innocentes qu'ont prises nos parents ! Si je vis, je porterai avec moi ton fardeau, indifférente au reste du monde et plus seule que jamais ! Je vivrai la nuit, dormirai le jour, aigrie par le temps et honteuse de mes actes ! Est- ce vraiment cette vie de lâche que tu me souhaites ?

À mon grand soulagement, Phœnix secoue négativement la tête, les larmes aux yeux, et cesse d'argumenter. Derrière nous, la porte n'est pas loin de céder.

Je m'empare de son sac, cherchant une potentielle trousse de secours, mais je ne trouve que du matériel électronique, une photo de la famille Blanc-Neuve avant Mars, et... la pochette de l'album *Together*. Je souris malgré moi et secoue lentement la tête :

- On s'apprête à sauver le monde, et tu emportes un vinyle ? dis-je au jeune homme.

Phœnix émet un petit rire, alors que je tire de mon sac le livre qu'il m'a offert quelques temps plus tôt : « L'Art dans tous ses états ». Quand je dévoile l'ouvrage, le visage du jeune homme s'illumine d'un large sourire.

- Fais attention, dit-il avec peine, si tu continues, tu vas faire du sentimentalisme !

Je souris. Franchement. Et malgré tout mon désespoir, je me sens bien pendant quelques millièmes de secondes. Alors que je laisse les émotions m'envahir, je suis soudainement prise d'un désir de vivre ! Un pur instinct de survie ! Mais, par-dessus tout, j'éprouve pour la première fois le besoin de vider mon cœur. J'aurais trouvé cette scène pitoyablement romanesque, mais à l'aube de la mort, je m'en fiche ! Je sais au fond de moi que Phœnix ne survivra pas plus de quelques minutes.

- Phœnix, commencé-je chancelante, je suis désolée. Je regrette tellement de t'avoir embarqué là-dedans.

Sur ces mots, je baisse la tête, en proie à une profonde sensation de honte, mêlée à un étrange apaisement.

- Tu ne m'as jamais forcé la main ! dit-il après un temps. Je t'ai suivie, malgré ma colère, malgré mon ego blessé, car j'avais confiance.

J'ai l'impression qu'il faut que je réponde quelque chose mais j'en suis incapable. Je me contente donc de détourner les yeux, embarrassée. Derrière nous, un bruit sourd résonne dans la pièce. La porte cède et retombe sur le sol dans un fracas métallique. En quelques secondes, nous sommes encerclés par des gardes, dont la femme à la gâchette facile qui s'écrie :

- Plus un geste !

Une idée folle me traverse soudainement l'esprit ! Avec un regard entendu, Phœnix me sourit une dernière fois. D'un bond, je me précipite vers la garde rousse pour m'emparer d'une arme. Je balance mon poing dans son nez, qui s'écrase dans une giclée de sang sous le poids de ma main. Celle-ci recule avec un cri de douleur, alors que j'arrache le couteau qui se trouve à sa ceinture.

Sans plus réfléchir à mon acte désespéré, je m'enfonce la lame dans le ventre, si profondément que celle-ci ressort dans mon dos dans un gargouillis de chair et d'os. Poussant un cri étouffé, je tombe à genoux à côté de Phœnix, alors que celui-ci me sourit toujours, des larmes ruisselant sur ses joues.

Je m'effondre lourdement, lorsque les gardes affluent soudainement autour de moi. Une voix masculine crie en boucle :

- On était censés les ramener vivants ! Je vais dire quoi au Président, moi, hein ?

La femme au nez anormalement de travers s'approche alors

de mon visage et me chuchote à l'oreille :

- Tu vas vivre, sale petite garce. Tu vas vivre une putain de vie.

Mais je sens que mes dernières forces m'abandonnent déjà, et c'est alors que les gardes s'agglutinent autour de moi pour essayer vainement de me réanimer, que je me sens soudainement flotter, en extase, au-dessus du monde et de cette planète merveilleuse qu'est Mars. La lumière est si aveuglante que je ne distingue rien d'autre que des milliers d'étoiles brillantes. Parmi elles, je m'aperçois : Aries, le Bélier ! Fonce d'abord, et réfléchis après ! Mais, tout là-haut, dans l'immensité du ciel, se trouve également Phœnix, l'oiseau qui renaît de ses cendres. Ici s'achève notre voyage.

Mon cœur s'apprête à rompre. La Grande Faucheuse est en chemin, les Moires ont les ciseaux à la main, alors que des voix lointaines retentissent autour de moi.

Est-ce la mort ? Est-ce mon imagination ? Je me suis toujours demandé si ce long tunnel doré n'était qu'un folklore collectif.

Il est temps pour moi de le découvrir.

Epilogue

- Tension à 12,7, pouls régulier, température : 36,9°. Pupilles dilatées et respiration stable.

Après avoir fait subir les mêmes examens à l'autre adolescent, le Docteur Malbouse rangea son dictaphone et s'apprêta à regagner la sortie. Avant d'éteindre la lumière, cependant, il contempla encore une fois ces deux corps juvéniles, endormis profondément. Reliés à des tuyaux, respirant grâce à des machines, c'était un miracle qu'ils s'adaptent aussi vite à leur nouvel environnement. Quels étaient leurs crimes déjà ? Leur dossier était classifié, et le Président en personne avait ordonné que leur existence demeure secrète. Alors qu'il s'enfonçait dans sa rêverie, son transmetteur émit une sonnerie stridente, à même de réveiller un cadavre.

- Docteur ! bredouilla la voix terrifiée de son assistant,

venez vite ! On a un problème avec le patient zéro ! Il fait encore des siennes !

Avec un dernier soupir, le Docteur Malbouse referma avec précaution la salle des opérations, dans laquelle était entreposée cette merveille de technologie à neuf milliards d'unités.

La Boîte.

À SUIVRE...

REMERCIEMENTS

Je souhaite remercier très chaleureusement mes parents et mes amis qui m'ont apporté leur soutien pendant toute la création de ce roman, et particulièrement ma mère et Humbeline qui m'ont transmis leurs retours critiques au fur et à mesure des versions.

Je souhaite également remercier les éditions Sydney Laurent qui m'ont donné une chance inestimable et qui ont cru en cette histoire.

Enfin, je souhaite remercier mes personnages, qui sont, au gré de mes humeurs, ballottés et meurtris, et qui m'ont aidée à faire face à la monotonie de la vie.

Printed in Great Britain
by Amazon

45283388R00149